하1톡핑가
검술천재

하북팽가 검술천재 31

2024년 6월 20일 초판 1쇄 인쇄
2024년 6월 25일 초판 1쇄 발행

지은이 이도훈
발행인 김관영

기획 박경무 강민구 임동관 조익현 최시준 신정윤
책임편집 주현진
마케팅지원 유형일 장민정

발행처 (주)로크미디어
출판등록 2003년 3월 24일
주소 서울시 마포구 마포대로 45 일진빌딩 6층
Tel (02)3273-5135 **Fax** (02)3273-5134
홈페이지 rokmedia.com **E-mail** rokmedia@empas.com

ⓒ 이도훈, 2022

값 9,000원

ISBN 979-11-408-2511-0 (31권)
ISBN 979-11-354-7650-1 04810 (세트)

이도훈 신무협 장편소설

하북팽가

검술천재

31

차례

북해의 영물

흰 털의 짐승이라?

하지만 달빛을 가린 먹구름 때문인지 짐승의 정체가 정확히 보이지 않았다.

어둠 덕분에 녀석이 움직일 때면 흰 천 조각이 펄럭이는 듯한 착각이 들었다.

대체 저 짐승의 정체는 무엇일까?

한빈은 후각에 집중했다.

후각에 집중하던 한빈이 고개를 갸웃했다.

어라?

녀석에게는 맹수 특유의 냄새가 풍기지 않았다.

맹수 특유의 냄새란 육식을 하는 놈들에게서 풍기는 피 냄새를 말함이었다.

그런데 놈에게는 그런 냄새가 나지 않았다.

사람과는 달리, 맹수는 사냥한 후 그 냄새를 절대 지울 수
없다.

그래서 몇몇 맹수는 후각이 강한 사냥감을 놓치고는 한다.

그 냄새를 지운다는 것은 녀석이 그만큼 영리하다는 말이
었다.

휙. 휙.

짐승이 갈지자로 돌며 한빈의 눈을 어지럽히고 있다.

바로 빠져나오지 않고 마치 탐색을 하는 듯했다.

순간 한빈은 한 가지 가능성을 떠올렸다.

저 짐승이 영물 혹은 마물이 아닐까 하는 가능성이었다.

사람에게 해를 끼친다면 마물로 분류하지만, 건들지만 않
으면 해를 끼치지 않을 시 영물이라 일컫는다.

저게 마물이라면 천산혈랑처럼 바로 공격을 해 왔어야 맞
았다.

아니면 함정을 파 놓고 기다리는 영특함을 보여야 했다.

그런데 놈은 일단 피하는 게 먼저인 것 같았다.

이상한 것은 마주치면 피하면서 왜 마원을 따라왔느냐 하
는 점이다.

그때였다.

갈지로 보법을 펼치듯 움직이던 영물이 한빈을 향해 달려

왔다.

그것도 잠시, 몸을 급하게 돌리더니 옆으로 꺾었다.

첫 번째 움직임은 속임수고 두 번째가 진짜라는 말이었다.

그때였다.

한빈의 옆으로 영물이 빠져나가려 했다.

휙.

옆으로 빠져나오려는 영물을 본 한빈의 눈이 커졌다.

한빈은 재빨리 검집을 들었다.

짐승의 몸통에 새겨진 구결의 흔적 때문이었다.

어둠 때문에 멀리서는 보이지 않은 듯했다.

짐승이 가까이 오자 구결의 흔적이 보였다.

이쯤 되자 한빈은 놈이 영물이라고 확신했다.

한빈은 옆으로 빠져나가려는 흰 털 영물을 향해서 검집을 뻗었다.

이렇게 검집을 이용하는 것은 짐승에게서 살기가 안 보이기 때문이었다.

맹수라고 하면 분명히 살기가 보여야 할 텐데, 녀석은 도망가기에 급급했다.

사정이 있는 듯하니, 일단 구결부터 취하고 녀석을 살펴야 할 것 같았다.

한빈이 검집을 뻗어 영물의 옆구리를 쳤다.

팡!

파공성이 생길 정도의 강한 압력이 영물의 옆구리를 덮쳤다.

하지만 영물은 허공에서 방향을 바꿨다.

몸통을 꼬면서 바로 땅바닥을 향해 내려왔다.

한빈의 검집이 애먼 허공에 향해 있을 때였다.

짐승이 다시 벼랑 끝으로 달아났다.

그때였다.

먹구름이 걷히고 한 줄기 달빛이 영물을 비추었다.

달빛을 받은 영물을 본 한빈이 눈을 크게 떴다.

영물의 정체는 하얀 털을 가진 호랑이였다.

심지어 호랑이 특유의 줄무늬도 없었다.

자세히 살피지 않는다면 백호가 아닌 백구로 오해할 정도였다.

한빈만 볼 수 있는 구결의 흔적이 무늬를 대신해서 일렁이고 있었다.

구결의 흔적은 검은색.

그때 다시 영물이 한빈을 향해 화살처럼 달려왔다.

다시 포위망을 뚫으려는 움직임이었다.

한빈은 한숨을 내쉬었다.

이제는 할 수 없었다.

영물에게 쓰기는 좀 미안하지만, 용린검법의 초식을 펼쳐야 할 것 같았다.

'성동격서!'

순간 한빈의 검집이 영물의 몸통으로 향했다.

영물이 순간적으로 다시 몸을 비틀었다.

하지만 그것은 영물의 실수였다.

몸통으로 향하던 한빈의 검집이 사라졌다.

한빈의 검집이 다시 나타난 것은 바로 바닥이었다.

영물은 아래로 내려오는 상태.

한빈은 그대로 검집을 들어 올렸다.

휙!

달빛을 가를 것 같은 맹렬한 기세.

한빈은 아차 싶었다.

이대로면 녀석은 그대로 즉사였다.

한마디로 힘 조절을 잘못한 것이다.

사실 내단이라도 있으면 배를 갈랐겠지만, 놈은 내단도 생기지 않을 정도로 자그마했다.

내단이 필요하다면 조금 더 키워야 했다.

그때였다.

영물이 갑자기 속도를 줄였다.

한 번 뒤틀고 바닥으로 떨어졌는데 그 상황에서 다시 몸을 튕겨 오른다고?

이건 경공술의 달인도 쫓을 수 없는 동작이었다.

한빈의 검집이 일직선으로 뻗었을 때였다.

백호가 검집 위에 내려앉았다.

그러더니 검집을 타고 한빈에게 달려들었다.

한빈이 검집을 회수해서 다시 놈을 찌르려 할 때였다.

먼저 놈이 한빈을 향해 폴짝 뛰었다.

한빈이 다른 손으로 자신에게 달려드는 놈을 잡았다.

놈을 본 한빈이 고개를 갸웃했다.

한빈이 놈을 잡은 건지?

아니면 놈이 한빈에게 일부러 잡힌 것인지 분간이 안 되었
다.

목덜미를 한빈에게 잡힌 놈은 웃고 있었다.

그때였다.

혓바닥까지 내밀면서 숨을 고르는 모습이 마치 집에서 기
르는 강아지와 흡사해 보였다.

"대체 네놈의 정체는 뭐냐?"

끙.

놈이 고개를 돌렸다.

마치 삐졌다는 듯한 움직임이다.

한빈이 다시 물었다.

"혹시 나를 본 적이 있느냐?"

끙.

녀석이 작게 신음을 내며 고개를 저었다.

사람 말을 알아듣는 것이 분명했다.

구결의 흔적이 보이는 백호라?

그때였다.

몸통에 있던 구결이 이마 쪽으로 옮겨 왔다.

한빈은 놈의 이마에 있는 구결의 흔적에 손을 대었다.

순간 용린검법의 비급이 반짝이기 시작했다.

곧 허공에 용린검법의 심화편이 펼쳐졌다.

기본 구결이 적혀 있는 공간이었다.

그러더니 문구가 나타났다.

[용안으로 구결을 확인합니다.]

[기본 구결 의(意)를 획득하셨습니다. 해당 구결이 열립니다.]

그와 동시에 용린검법의 가장 아래에 글자 구결이 추가되었다.

[의(意) : ……]

실력편의 기본 구결에 의가 새로 생긴 것이다.

새로운 줄이 나타나긴 했지만, 당장 쓸 수 있는 구결은 없었다.

어떻게 저 구결을 채워야 할지 고민할 필요는 없었다.

한빈에게는 구결을 자연스레 채울 방법이 있었다.

'대기만성!'

용린검법의 대기만성은 자신이 원하는 구결을 자연스럽게 채울 수 있었다.

한빈은 대기만성을 의에 적용했다.

이제 잠시 기다려 보면 새로 생긴 의가 무엇을 의미하는지 알아낼 수 있을 것이었다.

대기만성을 의에 적용한 후, 한빈은 주변을 바라봤다.

주변에는 산새 소리도 들리지 않았다.

대신에 백호 한 마리만이 품 안에 가만히 앉아 있었다.

한빈은 놈을 바라봤다.

시선이 마주치자 놈은 뭐가 좋은지 생글생글 웃는다.

솔직히 호랑이가 웃는 것은 처음 보았다.

현생이 아니라 전생에서도 이런 광경은 본 적이 없었다.

한빈은 일단 녀석을 바닥에 내려놓았다.

일단 아군이 맞았다.

적의는커녕 구결까지 넘겨주었다.

한빈은 이 녀석을 해칠 마음을 완벽하게 버렸다.

호의를 보이는 데다가 녀석에게는 내단도 없어 보였다.

한빈이 웃으며 말했다.

"이제 서로 갈 길 가자꾸나."

끙.

녀석이 고개를 흔든다.

한빈이 한숨을 길게 내쉬었다.

"휴."

한빈은 이런 결말까지는 예상하지 못했다.

결론적으로 악비광이 돈이 될 것 같다는 예상은 적중했다.

이놈을 어딘가에 팔면 못해도 장원 몇 채는 살 수 있을 것이다.

문제는 한빈은 돈이 궁하지 않는다는 점.

그때였다.

녀석이 또 소리를 냈다.

꿍.

"배고프냐?"

쿵.

녀석이 고개를 마구 끄덕였다.

한빈은 잠시 고민에 빠졌다.

자신에게 구결을 준 영물이었다.

영물의 출생지를 보면 북해가 분명했다.

결과만 놓고 보자면 구결을 북해에서부터 가지고 와서 한빈에게 전한 것이다.

말하자면 전서호(傳書虎)?

사실 멀리서 날아온 전서구도 그냥 돌려보내지는 않는다.

모이를 주고 기력을 찾을 때까지 기다렸다가 다시 날리는 게 예의였다.

그런 면에서 보면 호랑이도 마찬가지였다.

이대로 놔두면 북해까지 돌아갈 테지만, 따뜻한 밥 한 끼 정도는 먹여 보내는 것이 좋을 것 같았다.

한빈이 나지막이 말했다.

"여기서 기다려라."

쿵.

사람 말을 알아듣는 듯 녀석이 고개를 끄덕였다.

한빈은 구걸십팔보를 펼쳤다.

사 삭.

눈 깜짝할 사이에 한빈의 신형이 사라졌다.

하지만 백호는 자리에서 움직이지 않았다.

한빈이 다시 나타난 것은 정확히 반 시진 후였다.

한빈의 손에는 토끼 열 마리가 매달려 있었다.

만약 누가 본다면 한빈이 허공섭물로 토끼를 들고 있다고 착각할 수도 있었다.

한빈의 손과 매달려 있는 토끼 사이에는 아무것도 없는 것처럼 보이니 말이다.

사실 한빈은 천잠사에 토끼를 묶어서 들고 왔다.

토끼를 바닥에 내려놓은 한빈은 불을 지폈다.

오랫동안 놈과 추격전을 벌이다 보니 한빈도 출출했다.

야심한 밤이라서인지, 토끼구이는 나름 별미였다.

토끼를 정확히 반으로 나눈 한빈은 백호를 바라봤다.

"자, 반은 네 것이다. 이 정도면 구걸값은 한 것 같구나."

끙.

녀석이 고개를 휘휘 저었다.

한빈은 팔짱을 끼고 놈을 바라봤다.

신기하게도, 놈은 한빈의 말을 알아듣는 것이 분명했다.

그런데 한빈은 놈의 말을 알아듣지 못하고 있었다.

이 말은 놈이 더 똑똑하다는 증거일 수도 있었다.

한빈은 자신도 모르게 웃었다.

"하하, 옆에 있으려면 옆에 있어도 좋다. 대신에 내가 토끼구이를 다 먹을 때까지다."

쿵.

녀석이 고개를 끄덕였다.

한빈은 열심히 토끼를 꽂은 꼬치를 돌렸다.

토끼구이에서 기름이 흐르자 모닥불이 화르륵 일어났다.

사실 그럴 때마다 한빈은 꼬치를 더 빨리 돌렸다.

토끼구이를 맛있게 하는 비법은 딱 두 가지였다.

하나는 향신료고 나머지 하나는 불 조절이었다.

일단 불길은 한빈이 적절히 조절하기에 문제 될 것이 없었다.

한빈은 광개에게서 빼앗아 놓은 향신료를 토끼구이에 뿌렸다.

조금 뿌리기만 해도 잡내를 잡아 주고 맛을 살려 주는 향신료였다.

그때였다.

백호가 갑자기 자리에서 일어났다.

그러더니 한빈의 발목에 머리를 비볐다.

끙.

마치 무언가 원하는 것이 있다는 표정이다.

놈과 한 시진 이상 있다 보니 한빈의 눈치도 꽤 늘었다.

"이걸 달라고?"

킁.

녀석이 고개를 끄덕였다.

영물이라더니 날것은 안 먹는 것 같았다.

사람의 손길이라도 탄 것일까?

문제는 향신료가 짐승에게는 안 좋을 수 있다는 점이었다.

녀석이 다시 끙끙대자 한빈은 마지못해 토끼 꼬치 하나를 녀석에게 넘겨주었다.

녀석이 폴짝 뛰더니 꼬치를 한빈의 손에서 낚아챘다.

아마도 배는 고프지만, 날것은 먹기 싫다는 의미였던 것 같았다.

한빈은 녀석과 정확히 반반씩 토끼구이를 나누었다.

배를 채운 한빈은 자리에서 일어나 모닥불을 껐다.

그러고는 백호를 바라봤다.

"백호야, 그만 서로의 갈 길을 가자꾸나. 북쪽으로 돌아가 거라. 나도 조만간 북쪽으로 갈 테니 그때 보자꾸나."

끙.

녀석이 고개를 흔들었다.

싫다는 뜻이 분명했지만, 한빈은 더는 녀석과 놀아 줄 시간이 없었다.

이제 마원과 악비광을 찾아봐야 했다.

그들을 찾은 후 빨리 현비의 행렬로 돌아가야 했다.

❦

끙끙대는 백호를 뒤로한 채 한빈은 왔던 길로 돌아갔다.

시간이 꽤 지났는지 서서히 날이 밝기 시작했다.

한빈이 악비광을 찾는 데에는 그리 오래 걸리지 않았다.

바로 불 냄새 때문이었다.

악비광은 상대를 추격하는 대신 불을 지피고 노숙을 선택한 것이었다.

녀석을 본 한빈이 기가 찬 듯 말했다.

"차라리 행렬에 남아 있지 왜 따라와서. 지지리 궁상도 아니고 말이다."

"형님, 제 얼굴을 보십시오. 안 긁힌 곳이 없습니다. 이제 짝을 찾기는 다 글렀습니다…….."

하소연하던 악비광이 갑자기 말끝을 흐리자 한빈은 눈을 가늘게 떴다.

"갑자기 왜 그래?"

"형님, 대체 저건 뭡니까?"

악비광이 한빈의 뒤쪽을 가리켰다.

한빈의 시선이 악비광의 손가락을 따라 움직였다.

뒤쪽을 본 한빈의 눈이 커졌다.

그곳에는 새끼 백호가 눈을 반짝이며 서 있었다.

혓바닥까지 내밀고 생글생글 웃고 있다.

한빈은 자신도 모르게 한숨을 내쉬었다.

"휴."

그 한숨 소리에 악비광이 눈을 반짝였다.

"형님, 저놈을 잡으러 다녀오신 겁니까?"

"아니야."

"역시 형님이십니다. 딱 봐도 돈이 될 것 같습니다. 제 몫도…….."

"팔 거 아니야."

"그럼 같이 키우죠."

"저거 강아지 아니다."

"저도 압니다. 황궁에서는 백호를 영물이라며 키운다던 데……."

악비광이 아쉬운 듯 입맛을 다셨다.

한빈은 어이가 없다는 듯 손을 휘휘 저었다.

"여기가 황궁은 아니잖아. 잠시만 기다려 봐라."

"아니, 왜 그러십니까?"

"잠시 저놈과 얘기 좀 하고 오마!"

"아, 형님. 그럼 저도……."

악비광은 눈을 빛내며 백호를 바라봤다.

"마음대로 해."

한빈은 조용히 새끼 백호에게 다가갔다.

백호는 한빈이 다가오자 생글생글 웃으며 입을 벌렸다.

마치 모이를 기다리는 참새 새끼처럼.

그 모습에 악비광이 눈을 빛냈다.

"형님, 저한테 파시죠. 제가 값을 셈해 드리겠습니다."

"팔 거 아니라고 해도."

그때였다.

새끼 백호가 포효를 내질렀다.

어흥!

누가 봐도 호랑이의 울음 소리였다.

백호는 악비광을 쏘아보고 있었다.

마치 더 다가오면 물겠다는 듯 이까지 드러내고 있었다.

깜짝 놀란 악비광이 뒷걸음쳤다.

"어이쿠! 그놈 목청 참 앙칼지네."

"그래서 조심하라고 하지 않았느냐?"

"진짜 호랑이인가 보네요. 목청이 좋으니 더 탐납니다."

"보통 호랑이가 아니다."

"딱 보기에도 범상치 않습니다."

"사람 말귀를 귀신같이 알아들으니 조심하는 게 좋다. 일단 너는 뒤로 물러나 있거라."

"알겠습니다, 형님."

악비광이 고개를 끄덕인 뒤 뒤로 다섯 걸음 물러났다.

한빈은 쪼그려 앉아 백호와 눈을 맞추었다.

"백호야, 그만 고향으로 돌아가는 게 어때? 여기는 네가 살 만한 곳이 못 된다. 아마 네가 돌아다니면 다들 내단을 빼 가려고 눈에 불을 켤 거야."

끙.

녀석이 고개를 흔들었다.

그때였다.

새끼 백호는 어린아이가 재잘대듯 계속 소리를 냈다.

백호는 한빈이 자신의 말을 이해하든 못 하든 상관없다는 듯 계속 소리를 냈다.

한빈은 녀석의 모습에 기가 찼다.

표정을 보니 뭔가 절박한 사정이 있는 듯 보였다.

한빈도 영물이 이렇게 절박하게 매달리는 이유가 궁금했다.

과연 녀석에게는 무슨 일이 있었던 것일까?

하지만 짐승과 대화를 할 수는 없는 법.

한빈이 눈을 가늘게 뜨고 있을 때였다.

용린검법의 심화편이 반짝이기 시작했다.

한빈은 시선을 돌려 심화편을 살폈다.

반짝이고 있는 것은 다름 아닌 새로 들어온 기본 구결인 의(意)였다.

[……]

[의(意) : 삼(三)]

대기만성을 의에 적용해 놓은 덕분에 벌써 세 개가 차 있는 상태였다.

한빈은 새로운 구결을 사용해 보기로 했다.

순간 다시 글귀가 나타났다.

[의(意)의 구결은 대상의 마음을 읽을 수 있습니다.]

그와 동시에 한빈의 머릿속에 누군가의 마음이 새겨지기 시작했다.

글자가 보인다든가 소리가 들리는 것은 아닌데, 한빈은 누군가의 마음속을 읽고 있었다.

한빈은 조용히 백호를 바라봤다.

녀석은 아직도 설명하듯 열심히 소리를 내고 있었다.

쿵쿵.

백호를 바라보던 한빈은 눈을 크게 떴다.

마음을 읽고 있는 대상은 다름 아닌 백호라는 생각이 들어서였다.

한빈은 다시 용린검법의 구결을 살폈다.

'의'라?

단순하게 뜻이라는 말이었다.

상대방의 뜻을 알아챘다고?

한빈은 눈을 빛냈다.

지금은 백호의 마음을 읽고 있지만, 다른 대상의 마음도 읽을 수 있다는 말이었다.

한빈은 자신도 모르게 입꼬리를 올렸다.

이것은 이제까지 얻었던 어떤 구결 혹은 어떤 초식보다도 강력한 힘이었다.

한빈은 조용히 악비광을 바라봤다.

그때 다시 글귀가 떴다.

[의(意) 구결은 상대가 동의해야 사용할 수 있습니다.]

글귀를 본 한빈이 허탈하게 웃었다.

모든 이의 마음을 읽을 수 있는 것은 아니었다.

말하자면 뜻을 전하려는 이의 마음만을 읽을 수 있다는 말이었다.

뭔가 아쉬운 듯한 능력에 한빈은 고개를 저었다.

그것도 잠시, 한빈은 백호를 바라봤다.

백호가 전달하려는 뜻을 알아보는 것이 먼저라는 생각이 들어서였다.

한빈은 눈썹을 꿈틀거리며 귀를 기울였다.

누가 봐도 새끼 백호의 소리를 한빈이 알아듣는 모습이었다.

그런 한빈의 모습에 악비광은 입을 벌렸다.

아무리 생각해도 이해가 되지 않았다.

진짜 알아듣고 있는 걸까?

만약 그렇다면 자신이 형님으로 모시는 한빈이 사람이 맞는지를 의심해야 했다.

한빈을 바라보던 악비광은 의미심장한 웃음을 지었다.

한빈의 힘은 곧 자신의 힘이 될 수도 있기 때문이다.

악비광과 한빈은 의형제의 연을 맺은 사이였으니.

한참 동안 백호의 말을 듣던 한빈의 눈이 갑자기 커졌다.

지금 백호의 말을 들어 보니 뭔가 이상했다.

백호는 늑대 무리에 쫓기다가 마원을 만났다고 했다.

마원이라고는 안 했지만, 머릿속에 그려지는 형상이 그가 맞았다.

백호가 느낀 익숙한 기운이란 용린의 기운이었다.

용린의 기운은 백호와도 관계가 있는 것이 분명했다.

그러지 않고서야 백호가 구결을 가지고 있을 리 없었다.

마원으로부터 어떻게 용린의 기운을 느낄 수 있었을까?

한빈은 그것에 대해서는 이미 알고 있었다.

마원에게 한빈의 기운이 묻었기 때문이다.

병장기의 날을 맞댔으며 계약서까지 쓴 사이가 아니던가?

그러니 당연히 한빈의 기운이 살짝 묻어 있을 수밖에 없었다.

사람이라면 찾을 수 없는 흔적을 백호는 찾은 것이다.

늑대 무리는 백호를 쫓고.

백호는 도움을 청하기 위해서 용린의 기운을 쫓은 것.

생각해 보니 벼랑 끝으로 몰아넣었을 때도 용린의 기운을 보이자마자 강아지처럼 달려들었다.

백호는 한빈과 함께 북해로 가고 싶어 했다.

혼자서 돌아가다가는 늑대 무리에 당한다는 게 백호의 생각이었다.

순간 한빈은 고개를 살짝 기울였다.

뭔가 말이 안 맞는 부분이 있었다.

백호는 북해의 영물이 분명했다.

그런 영물이 겁내는 늑대 무리가 평범한 짐승일 리 없었다.

한빈은 한 가지 가정을 해 보았다.

늑대의 무리가 백호를 미끼로 사용한 것이라면?

한빈은 자리에서 일어났다.

백호가 말한 늑대의 무리가 왠지 마음에 걸려서였다.

한빈이 검집을 잡자 악비광이 깜짝 놀라 달려왔다.

"형님, 무슨 일이십니까?"

"마 형이 위험할 수도 있다."

"그게 무슨 말씀입니까?"

"가면서 얘기해 줄 테니 너는 내 옆에 바짝 붙어라."

"알겠습니다, 형님."

악비광이 비장한 표정으로 창대를 움켜잡았다.

한빈이 이렇게 심각하게 말한 적이 없기 때문이었다.

한빈은 언제든지 여유가 있었다.

아무리 부정적인 상황이라도 긍정적인 면을 보고 달려드는 게 한빈이었다.

그런데 이번만큼은 심각한 표정을 지었다.

악비광의 표정을 본 한빈이 피식 웃었다.

"어쩌면 이번에는 네 말이 맞을 것 같다."

"그게 무슨 말입니까?"

"상상도 하지 못할 노다지를 볼 수도 있을 것 같아서 하는 말이다."

"노다지요?"

"예를 들면 천산혈랑의 내단?"

이건 순전히 한빈의 가정이었다.

백호에게서 읽은 늑대의 모습은 천산혈랑의 모습과 비슷했다.

그렇다면 혈랑검을 더 만들 수도 있고 내단도 더 얻을 수 있다는 말이었다.

악비광은 눈을 동그랗게 떴다.

"천산혈랑이요? 진짜입니까?"

그는 흥분할 수밖에 없었다.

아직도 한빈이 천산혈랑과 혈전을 벌였던 당시가 생생했기 때문이었다.

물론 악비광이 그 장면을 직접 본 것은 아니었다.

하지만 그때 한빈이 얻은 명성은 실로 어마어마했다.

악비광은 자신이 천산혈랑을 먼저 만났다면 어땠을까 상상해 봤다.

만약 그랬다면, 혼처가 줄을 섰을 것이다.

천산혈랑은 그에게 꿈의 보물 창고와 같은 존재였다.

그의 표정을 본 한빈이 웃었다.

"일단 가서 확인해 보자."

한빈이 반대쪽을 가리켰다.

그곳은 마원이 맡은 방향이었다.

막 앞서가려던 한빈이 백호를 바라봤다.

"너도 내 옆에 딱 붙어라, 백구."

쿵.

녀석이 고개를 끄덕였다.

잠시 후.

나란히 숲속을 헤치고 나가던 악비광이 한빈을 바라봤다.

"그런데 왜 백호가 아니라 백구입니까?"

"호랑이라고 하면 남들이 놀랄 거 아니냐?"

"남들이라고요?"

"아무래도 북해로 출발하기 전까지 같이 있어야 할 것 같아서 말이다."

"형님, 무늬가 없다고 호랑이가 고양이가 될 수는 없잖습니까? 누가 봐도 호랑이입니다."

"흠, 자꾸 백구라고 부르다 보면 사람들은 강아지라 생각하겠지."

한빈의 말에 악비광은 옆을 힐끔 봤다.

그곳에는 백호가 같이 뛰고 있었다.

순간 악비광은 고개를 갸웃했다.

백호가 뛰는 모습이 강아지처럼 보였기 때문이다.

악비광은 자신이 놈을 강아지로 생각하고 있음을 깨달았다.

한빈의 말대로였다.

호랑이가 강아지로 보이다니?

"앗!"

악비광이 비명을 지르자 한빈이 말했다.

"무슨 일이지?"

"놈이 강아지로 보이네요. 아무래도 제 머리가……."

쿵.

백호가 자신이 강아지라는 듯 고개를 끄덕였다.

악비광은 백호를 보며 입을 벌렸다.

보통 영물이 아닌 게 분명했다. 놈은 처세술까지 타고난 듯했다.

그때였다.

한빈이 자리에서 멈췄다.

마원의 흔적이 끊겼기 때문이다.

그때 백호가 쿵 하고 소리를 냈다.

한빈이 눈을 가늘게 뜨고 물었다.

"네가 추적할 수 있다고?"

쿵.

녀석이 고개를 끄덕이자 한빈이 턱짓하며 말했다.

"그럼 안내해 봐라. 만약 정확히 찾으면 상을 주지."

쿵.

고개를 끄덕인 백호가 앞장서기 시작했다.

한빈은 조용히 백호의 뒤를 따랐다.

강호 최고의 후각을 지닌 한빈이지만, 영물의 후각을 따라
가기는 힘들 터.

이번 일은 전적으로 백호에게 맡기기로 했다.

❧

그날 오후.

백호는 쉬지 않고 산길을 달렸다.

악비광은 백호와 한빈의 속도를 맞추기 위해서 모든 내력
을 다 끌어 써야 했다.

그 정도로 그들은 멀리 왔다.

악비광이 숨이 넘어갈 정도로 헉헉대자 백호가 멈췄다.

악비광은 큰대자로 쓰러졌고, 한빈은 산 정상에서 주변을
바라보고 있었다.

주변을 바라보던 한빈은 한숨을 내쉬었다.

"이곳은 귀산(鬼山)의 초입이군!"

"하, 귀산이라니, 그게 무슨 말씀입니까? 형님."

"말 그대로다. 이곳은 귀산의 초입이야."

"귀산이라면, 불길하다고 해서 상인들도 돌아가는 산이 아
닙니까?"

악비광의 말은 사실이었다.

귀산은 묘한 귀기 때문에 가까운 길을 놔두고도 상인이 돌아가는 곳이었다.

악비광이 다급하게 일어나 주변을 바라봤다.

주변에는 어떤 산짐승 소리도 들리지 않았다.

아니 풀벌레 소리도 들리지 않았다.

가끔 불어오는 휑한 바람 소리만이 귀를 간지럽혔다.

순간 악비광은 어깨를 감싸 쥐었다.

사람이라면 몰라도 귀신과 싸울 자신은 없었다.

실체가 있어야 창을 꽂아 넣을 것이 아닌가?

귀신을 본 적은 없지만, 악비광은 묘하게 한기를 느꼈다.

움츠린 악비광의 모습에 한빈이 물었다.

"무서우냐? 무서우면 그냥 먼저 내려가도 좋다."

"저 혼자 어떻게 내려갑니까? 이곳에서 실종되는 사람이 한 해 몇 명인 줄 압니까? 오죽하면 나라에서 금지로 선포했겠습니까?"

"적어도 백 명?"

"사실 그보다 더 무서운 소문이 있습니다."

악비광이 생각하기도 싫다는 듯 고개를 흔들었다.

질색하며 고개를 흔드는 악비광의 모습에 한빈이 재빨리 물었다.

"소문이라고? 귀산에 다른 소문이 있었던가?"

"형님은 너무 소문에 무심하십니다. 여길 지나가면 평생 짝을 못 만난다는 소문이 쫙 퍼진 지 오래입니다. 어쩌다 여기에…….”

“그럼 아우와 나는 같은 배를 탔구나.”

“네?”

“여기까지 왔으니 돌아가든 넘어가든 일단 발을 걸친 게 아니냐? 그럼 우리 둘 다 짝을 못 찾을 건 뻔한 것 같은데……. 안 그러냐?”

“아.”

악비광은 다시 한번 몸을 떨었다.

그 모습에 한빈이 피식 웃었다.

“헛소리 말고, 그보다 더 중요한 게 있다.”

“그게 뭡니까?”

“마 형이 왜 이곳까지 왔을까 하는 점이지. 백호는 우리와 같이 있었으니 분명히 다른 놈들한테 쫓겼을 텐데.”

“차라리 진짜 늑대였으면 좋겠습니다.”

“왜 그렇게 생각하지?”

“사람이 짐승보다 더 무섭지 않습니까?”

“상황에 따라서!”

피식 웃은 한빈이 주변을 살폈다.

사실 악비광의 말이 맞긴 했다.

사람이 상대를 공격하는 것은 보통 이익 때문이지만, 짐승이 상대를 공격하는 것은 살기 위해서다.

생존이라는 본능만 해결된다면 짐승은 공격하지 않는다.

하지만 사람은 욕심이라는 주머니가 채워지기 전까지는 공격을 멈추지 않는다.

문제는 이번엔 경우가 조금 다를 것 같다는 점이다.

늑대일까?

아니면 사람일까?

마원이 이곳까지 왔다는 것은 누군가에게 쫓겼다는 것이다.

중간에 피 냄새를 풍기지 않는 것으로 봐서 아직은 해를 입지 않았다는 말도 되었다.

그때였다.

백호가 조용히 한빈의 바짓가랑이를 잡아끌었다.

그곳으로 가 보니 찢긴 옷이 있었다.

옷감으로 봐서는 마원의 것이 맞았다.

자세히 보니 약품으로 냄새를 지우고 나뭇가지에 매달아 놓았다.

그 얘기는 마원이 일부러 남긴 흔적이라는 말이었다.

잠시 후.

한빈은 고개를 숙여야만 들어갈 수 있는 동굴 입구 앞에 도착했다.

한빈이 팔짱을 끼고 입구를 바라보자 악비광이 고개를 저었다.

"저는 여기서 기다리겠습니다."

"그냥 들어오는 게 좋지 않겠어?"

"뭔가 불길합니다."

"하긴, 아우의 예감은 제법 잘 맞으니 알아서 해."

"감사합니다, 형님."

"감사는 무슨! 꼭 살아남아."

"네? 그게 무슨 말씀입니까? 형님."

"불길하다면서. 그러니 살아남으라고 부탁하는 거야."

"아, 형님! 그런 농담은 하지 마십시오."

"알았어."

피식 웃은 한빈이 구멍을 통해 들어갔다.

안쪽으로 들어간 한빈은 고개를 갸웃했다.

어두컴컴해야 할 안쪽이 환했기 때문이다.

"혹시 야명주?"

주변을 살펴보니 야명주 때문에 밝은 것이 아니었다.

그 정체는 바로 발광(發光)이끼였다.

양기가 강한 곳에서만 자란다는 이끼로, 황금보다도 비싸다.

벽에 붙어 있는 이끼 덕분에 공간 안은 환했다.

음기가 강하기로 소문난 귀산의 모든 양기는 이곳에 몰려 있는 듯했다.

일단 안쪽에 적은 없다.

이것이 한빈이 내린 판단이었다.

주변을 둘러보던 한빈이 입을 열었다.

"마 형! 안에 계시오?"

한빈은 고개를 갸웃했다.

돌아오는 것은 울림밖에 없었다.

한빈은 눈을 가늘게 떴다.

마원이 이곳으로 안내한 것이 분명한데 왜 자리에 없을까?

"휴."

한숨을 내쉰 한빈은 일단 밖으로 나오려 했다.

그때였다.

동굴 밖에 희끗희끗한 것이 지나갔다.

옆을 보니 백호가 생글생글 웃고 있었다.

백호가 아니라는 말이었다.

다시 고개를 돌려서 자세히 보니 눈발이 날리고 있었다.

생각해 보면 눈이 내릴 계절이긴 했다.

이곳 귀산은 여름에는 팔 할의 확률로 비가 내리고 겨울에는 구 할의 확률로 눈이 내린다는 말이 있다.

귀신이 사람의 오감을 막기 위해서라는 소문도 있다.

눈 깜짝할 사이에 눈보라는 그쳤다.

한빈은 일단 밖으로 나왔다.

그런데 악비광의 모습이 보이지 않았다.

이상한 것은 이 어둠 속에서 움직였다는 것이다.

만약에 움직일 것이라면 한빈에게 통보 정도는 하고 갔어야 한다.

관자놀이를 만지던 한빈이 결심한 듯 고개를 끄덕였다.

악비광은 분명히 돈이 되는 것을 쫓아갔을 것이다.

한빈은 악비광의 성격을 잘 알고 있기에 안심했다.

악비광의 가장 큰 장점은 분수를 아는 것이다.

싸움 욕심, 여자 욕심, 돈 욕심이 많은 악비광이긴 하지만, 자신의 능력을 벗어난다고 생각하면 잽싸게 몸을 뺀다.

악비광이 소리 없이 자리를 떠났다는 것은 감당할 수 있는 상대라는 뜻이다.

문제는 지금이 밤이라는 점.

상대를 쫓아가던 악비광도 어딘가에서 자리를 마련하고 쉬고 있을 것이다.

한빈은 팔짱을 끼고 동굴 입구에 기댔다.

고개를 들자 눈이 그친 하늘에 둥근달이 묵묵히 자리를 잡고 있었다.

한빈은 조용히 눈 위에 비친 달빛을 감상했다.

고즈넉한 달빛을 받으며 화주를 들이켜기에 좋은 밤이었다.

한빈은 조용히 품에서 호리병 하나를 꺼냈다.

백아주를 넣어 놓은 조그만 호리병이었다.

호리병 속 술을 단숨에 들이켠 한빈은 고개를 돌렸다.

그곳에는 백호가 입맛을 다시고 있었다.

"마실래?"

쿵.

녀석이 고개를 끄덕였다.

영물은 술도 마시는 것일까?

한빈은 백호의 입에 백아주를 한 방울 떨어뜨려 줬다.

순간 백호의 표정이 환해졌다.

마치 보름달 두 개가 더 생긴 것처럼 눈이 동글동글해졌다.

한빈이 백호와 함께 잠시 휴식을 취하고 있을 때였다.

백호가 갑자기 경계하듯 주변을 둘러봤다.

그러더니 털을 바싹 세웠다.

그때였다.

동굴 입구의 위쪽에서 눈이 살짝 떨어졌다.

투둑.

순간 한빈이 검집을 잡았다.

동시에 위쪽에서 커다란 덩치가 떨어졌다.

덩치를 본 한빈이 고개를 저었다.

상대는 다름 아닌 악비광이었다.

위쪽에서 떨어진 악비광이 바닥을 향해 창대를 찍었다.

탁.

창대로 중심을 잡은 악비광이 가뿐하게 한빈의 옆에 내려
섰다.

"형님, 저만 빼고 드시면 어떻게 합니까?"

"네 몫은 남겨 놨다."

한빈이 술을 던졌다.

휙!

악비광이 기다렸다는 듯 호리병을 잡았다.

그는 호리병 속 백아주를 입에 들이붓더니 기분 좋게 탄성
을 내질렀다.

"캬! 역시 형님은 준비성이 철저하십니다."

"찾았느냐?"

"뭘 말입니까?"

"사냥감을 찾았느냐는 말이다."

"누군가 저를 지켜보고 있다는 느낌 때문에 추격했지만,
못 찾았습니다."

"사람 같더냐?"

"분명히 사람의 기척은 아니었습니다. 형님 말씀대로 그놈
은 천산혈랑이 분명합니다."

말을 마친 악비광은 입맛을 다셨다.

누가 봐도 아쉬워하는 표정이었다.

그 모습을 본 한빈이 눈을 가늘게 떴다.

"내가 제안 하나 하지."

"무슨 제안입니까?"

"나를 도와 천산혈랑을 잡으면 놈의 내단 하나를 주겠다."

"네?"

"내 조건이 어떠냐?"

"천산혈랑의 내단을 제게 다 주겠다는 말씀입니까?"

"아니, 네게 하나를 주겠다고 했지. 다 주겠다고는 안 했다."

"천산혈랑이 내단을 두 개나 가지고 있는 것은 아니지 않습니까?"

"내 경험으로는 두 개야."

"그, 그게 정말입니까? 그때 형님이 잡은 천산혈랑의 내단은 황궁에…….."

"내가 하나 미리 먹었어. 사실 나도 천산혈랑의 내단이 두 개일 줄은 몰랐지."

"흠, 그럼 하나를 제게 주신다는 겁니까? 만약에 하나밖에 없으면요?"

"네게는 무조건 하나의 내단을 보장해 주는 조건이다. 어때?"

"좋습니다. 제가 어떻게 하면 좋겠습니까?"

"천산혈랑을 몰고 와."

"몰고 오라고요? 그건 불가능합니다. 지금도 쫓다가 놓쳤습니다. 도망가는 놈을 어떻게 잡습니까?"

"그건 간단해."

말을 마친 한빈이 백호를 바라봤다.

한빈의 눈빛을 받은 백호가 어디론가 달려갔다.

팍!

백호가 돌아온 것은 눈 깜짝할 사이.

녀석은 입에 토끼 한 마리를 물고 있었다.

백호는 입에 문 토끼 한 마리를 한빈의 발아래 떨어뜨렸다.

한빈은 아무렇지 않게 토끼 귀를 잡아서 악비광에게 넘겼다.

"이건 뭡니까?"

"미끼야. 먹잇감의 피 냄새를 맡으면 움직이겠지. 네 기척을 최대한 죽이고 토끼 냄새를 피우면서 돌아다니면 쫓아올 거야. 혹시라도 위험하면 토끼를 바로 버리고 튀어."

"에이, 설마요."

"사람은 항상 앞날을 대비해야 하는 법이지."

"알겠습니다, 하하."

피식 웃던 악비광이 고개를 갸웃했다.

그 모습을 본 한빈이 물었다.

"왜 또 그러는데?"

"혹시 나중에 다른 말 할까 봐 겁나서 그럽니다."

"계약서라도 써 줄까?"

"여기서 어떻게 계약서를 씁니까? 설화도 없지 않습니까? 형님."

"잠깐만."

손을 든 한빈이 품속을 뒤지더니 조그만 대나무 통 하나를 꺼냈다.

악비광이 고개를 갸웃하며 물었다.

"그게 뭡니까?"

"계약서 써 달라면서."

말을 마친 한빈은 대나무 통을 열더니 붓을 꺼냈다.

그뿐이 아니라 대나무 통에서 종이도 꺼냈다.

그러고는 종이를 탁 펼친 뒤 붓을 들었다.

가느다란 붓과 말아 넣은 종이는 대나무 통에 딱 맞았다.

악비광이 다시 물었다.

"먹과 벼루가 없지 않습니까? 설마 품속에 먹과 벼루까지 넣고 다니시는 건……."

악비광은 말을 맺지 못했다.

한빈이 대나무 통의 아래쪽을 열었기 때문이다.

아래쪽을 열자 진한 먹물의 향기가 흘러나왔다.

아래쪽에 먹까지 넣어 둔 것이다.

악비광은 자신도 모르게 입을 딱 벌렸다.

토끼를 든 악비광은 쉴 틈 없이 경공술을 펼쳤다.

밝은 달빛과 산길에 깔린 눈 덕분에 악비광은 수월하게 산자락을 누빌 수 있었다.

만약에 보름달이 뜨지 않았다면.

아니 눈이 오지 않았다면, 이렇게 편하게 산길을 지나갈 수는 없었을 테다.

눈에 달빛이 반사되자 사물을 분간할 수 있을 정도로 밝아졌다. 거기에 더해 발자국이 눈에 남는 바람에 길을 잃을 염려도 없었다.

악비광은 토끼 귀를 잡고 휘휘 흔들었다.

피 냄새가 넓게 퍼지게 하기 위함이었다.

그것도 잠시, 악비광은 한숨을 내쉬었다.

"휴."

아무래도 헛일을 한다는 생각이 들어서였다.

기척을 이렇게 죽인다고 해도 천산혈랑이 올 것 같지는 않았다.

방금도 겁을 먹고 자신에게 도망쳤다는 느낌이 강하게 들었었다.

그런데 토끼 한 마리 가지고 천산혈랑을 유인할 수 있다고?

그때였다.

악비광이 재빨리 고개를 돌렸다.

휙!

고개를 돌린 곳에는 반짝이는 한 쌍의 눈이 있었다.

악비광은 자신도 모르게 입꼬리를 올렸다.

눈빛의 정체는 천산혈랑이 분명했다.

악비광은 오른손에 든 토끼를 왼손으로 옮긴 후 오른손으로 창을 꼬나 잡았다.

유인하기로 한 계획은 잠시 잊은 것이다.

악비광은 토끼를 앞쪽으로 내밀었다.

그때였다.

어둠 속에서 눈빛을 빛내던 짐승이 나타났다.

짐승의 정체는 천산혈랑이었다.

보통 늑대의 네 배 정도 크기에, 몸을 뒤덮은 붉은 털.

마치 피를 흠뻑 뒤집어쓴 듯 보였다.

"좋구나, 좋아."

악비광은 호탕하게 웃었다.

그의 앞에 나타난 천산혈랑은 절호곡에서 본 놈보다 작아 보였다.

당시 봤던 놈은 지금 눈앞에 있는 천산혈랑보다 두 배는 더 컸다.

악비광은 사실 이 점이 아쉬웠다.

그때였다.

악비광은 뒤쪽에서 음험한 시선을 느꼈다.

힐끔 고개를 돌려 보니, 또 한 쌍의 눈동자가 어둠 속에서 눈을 빛내고 있었다.

악비광은 자신도 모르게 헛숨을 토했다.

"헉! 두 마리라니!"

악비광은 조용히 창을 고쳐 잡았다.

양쪽의 어느 늑대도 겨누지 않았다.

두 마리의 늑대는 눈도 깜빡이지 않고 악비광을 바라보고 있었다.

그 눈빛은 먹잇감을 바라보는 눈빛이었다.

한쪽으로 창날이 향하면 당장이라도 반대쪽에서 달려들 것 같았다.

그때였다.

늑대가 풍기는 살기가 점점 진해지기 시작했다.

코끝이 찡할 정도의 살기.

아마도 그것은 피 냄새일지도 몰랐다.

달빛에 어렴풋이 비친 늑대를 보니, 붉은색의 털이 점점 진해지고 있었다.

마치 고수가 내공을 끌어올리는 듯한 모습.

악비광은 그제야 뭔가 잘못되었음을 깨달았다.

사실 악비광이 상대의 경지를 가늠할 수 없는 경우는 거의 없었다.

자신보다 경지가 높은 상대를 만나기 어렵기 때문이다.

그런데 이번에는 상황이 달랐다.

불쾌하고 찝찝한 살기가 주변을 장악하고 있지만, 늑대의 강함에 대한 확신이 들지 않았다.

악비광이 고민하고 있을 때, 늑대 한 마리가 다가왔다.

쿵!

분명히 눈길을 밟았는데 바닥이 울렸다.

양쪽을 살피던 악비광의 눈이 커졌다.

분명히 한 번의 소리가 들렸는데, 어느새 반대쪽에 있던 늑대도 움직인 것이다.

악비광은 그제야 깨달았다.

놈들의 움직임이 완벽한 합격진이라는 것을 말이다.

완벽한 합격진이란 무엇일까?

소위 말하는 일심동체를 뜻한다.

합격진은 보통 힘이 약한 다수가 강자를 상대할 때 사용된다.

하나, 다섯의 일류가 하나의 절정 고수를 이기기는 힘든 법.

그 이유는 다섯의 움직임이 제각각이기 때문이다.

아무리 합격진을 수련했다고 해도 실제 상황에서 일심동체가 되기는 힘든 법이었다.

완벽한 일심동체를 실전에서 사용할 수 있다면, 그 합격진은 네 배 이상의 위력을 끌어낼 수 있다.

지금 두 마리의 늑대가 그랬다.

딱 한 걸음이지만, 마치 하나처럼 움직였다.

아무리 호승심이 강한 악비광이라 해도, 강자는 한눈에 알아본다.

상대를 평가할 수 없다는 점에서 이번 싸움의 결말은 훤히 보였다.

달걀로 바위를 때릴 수는 없는 법.

악비광은 눈치를 보다가 오른쪽 늑대를 향해 토끼를 던졌다.

휙!

늑대가 입을 크게 벌리며 토끼를 한입에 삼켰다.

토끼를 한입에 삼키는 늑대라니!

악비광은 일단 숨을 가다듬었다.

순간 반대쪽에 있는 늑대가 불만이 섞인 듯 소리를 냈다.

크릉!

악비광은 지금이 기회라는 것을 본능적으로 알았다.

생각할 틈도 없이 왔던 길을 따라 달리기 시작했다.

먹이를 한쪽에 던짐으로 둘 사이에 틈을 만들어 낸 것이다.

아무리 영악한 마물이라고 해도 경쟁심은 어쩔 수 없는 모양이었다.

악비광은 오백 걸음 정도를 달아난 후에야 안도의 한숨을 내쉬었다.

뒤쪽을 보니 늑대들의 살기가 전혀 느껴지지 않았다.

악비광은 자신도 모르게 품에 든 계약서를 움켜잡았다.

자신이 직접 잡을 수 없으니 계약서의 내용대로 놈들을 유인하는 것이 남은 방법이라고 생각했다.

그때였다.

다시 눈이 내리기 시작했다.

굵직한 눈송이가 달빛을 가리자 자신의 발자국이 희미해졌다.

악비광은 일단 돌아간 뒤 작전을 다시 짜기로 했다.

고민을 끝낸 악비광은 재빨리 움직이기 시작했다.

눈길을 따라 움직이던 악비광이 고개를 갸웃했다.

갑자기 앞쪽에 못 보던 바위가 생겼기 때문이다.

"분명히 내가 왔던 길인데?"

악비광은 잠시 멈춰 자신의 발자국을 살폈다.

흐릿하기는 해도 아직 발자국은 남아 있었다.

그런데 눈길이 바위 앞에서 끊겼다.

악비광이 고개를 갸웃하고 있을 때였다.

갑자기 바위가 들썩이더니 좌우로 움직였다.

눈에 덮여 있던 바위가 순식간에 붉은색으로 변했다.

악비광은 그제야 그것이 천산혈랑 중 한 마리라는 것을 깨달았다.

악비광은 재빨리 창을 움켜잡았다.

그러고는 늑대를 향해서 달려들었다.

두 마리가 합격진을 펼칠 때가 무서웠지, 한 마리는 자신이 감당할 수 있다고 생각해서였다.

창날은 정확히 늑대의 미간을 향했다.

악비광은 자신의 장창이 늑대의 머리를 꿰뚫으리라는 것을 확신했다.

챙!

굉음과 동시에 손에서 얼얼한 감각이 느껴졌다.

늑대가 악비광의 창날을 튕겨 낸 것이다.

악비광은 등에서 소름이 돋았다.

아무리 생각해도 저것은 무공의 초식이었다.

늑대가 무공을 쓴다니?

그때였다.

휙!

찬바람이 느껴질 틈도 없이 악비광의 앞에 붉은 벽이 나타났다.

붉은 벽은 바로 늑대였다.

생각할 틈도 없이 늑대의 아가리가 악비광을 집어삼키기 위해서 달려들었다.

악비광은 재빨리 몸을 뒤로 눕혔다.

무게중심을 아래쪽에 모았기에 넘어지지 않고 다리를 바

닥에 고정할 수 있었다.

악비광은 그 상태에서 창을 바닥에 튕겼다.

창을 지지대 삼아서 오뚝이처럼 일어난 악비광.

그러고는 재빨리 창을 한 바퀴 돌렸다.

위쪽에서 살기를 느꼈기 때문이다.

아니나 다를까.

악비광이 돌린 창대에 늑대의 발톱이 부딪혔다.

챙!

병장기 부딪치는 듯한 소리가 귓가에 울렸다.

악비광은 그제야 깨달았다.

눈앞에 있는 마물의 경지는 초절정 이상이라는 것을 말이다.

솔직히 사람과 마물의 경지를 저울에 달듯이 측정하는 것은 불가능했다.

하지만 저 마물은 초절정 고수 하나 정도는 쌈 싸 먹을 정도의 위력을 지니고 있었다.

순간 악비광의 머릿속에 한 가지 의문이 들었다.

"한 마리는 어디에?"

물론 앞에 있는 마물은 악비광의 물음에 답하지 않았다.

그때 마물이 다시 악비광을 향해 달려들었다.

악비광은 늑대의 앞발을 다시 쳐 냈다.

챙!

힘에서는 악비광이 확실히 밀렸다.

한 번의 격돌에 악비광의 몸이 다섯 걸음 이상 튕겨 나가니 말이다.

그 충격에도 놈은 뒤로 튕겨 나가기는커녕 조용히 앞으로 달려들고 있었다.

이쯤 되자 악비광은 마물이 자신을 가지고 노는 것은 아닌지 하는 생각마저 들었다.

동시에 느껴지는 불길함.

뒤로 물러나던 악비광은 등에서 물컹한 감각을 느꼈다.

고개를 돌려 보니 안 보였던 한 마리의 마물이 고개를 쳐들고 있었다.

"이런 미친……."

악비광은 이 상황을 표현할 수 없었다.

뒤쪽에서는 마물의 아가리가.

앞쪽에서는 마물의 앞발이 악비광을 향해 달려들었다.

팡!

파공성과 함께 악비광은 등에서 통증을 느꼈다.

뭔가에 맞은 듯 몸이 하염없이 날아갔다.

날아가던 악비광은 고개를 갸웃했다.

마물의 공격치고는 가벼웠기 때문이다.

툭.

바닥에 떨어진 악비광은 데구루루 굴렀다.

악비광이 떨어진 곳은 경사진 언덕이었다.

고개를 돌려 보니 위쪽에서 두 마리의 붉은 늑대가 멍하니 악비광을 바라보고 있었다.

놈들은 이상하게 더 이상 따라오지 않았다.

순간 갑자기 눈발이 더 거세졌다.

이제는 달빛마저 보이지 않았다.

거센 눈발은 붉은 늑대와 악비광의 사이를 벽처럼 가로막았다.

악비광은 자신의 등을 만져 봤다.

이상하게도 아무런 상처도 없었다.

방금 튕긴 것은 늑대에게 공격을 당해서가 아니었다.

그렇다면?

순간 옆쪽에서 이상한 소리가 들려왔다.

꿍.

그 소리에 고개를 돌려 보니 백호가 쓰러져 있었다.

악비광은 자신도 모르게 외쳤다.

"백구야!"

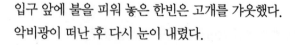

입구 앞에 불을 피워 놓은 한빈은 고개를 갸웃했다.

악비광이 떠난 후 다시 눈이 내렸다.

잘못하면 길을 잃을 수 있기에, 한빈은 악비광을 찾으러 나가려 했었다.

그때 백호가 악비광을 찾겠다며 나섰다.

그런데 아직까지 둘 다 돌아오지 않았다.

한빈은 자리에서 일어났다.

아무리 그래도 이대로 두고 볼 수는 없었다.

잠시 눈을 감은 한빈은 기감을 최대치로 높였다.

하지만 주변에서 감지되는 기척은 없었다.

거센 눈발 때문에 모든 것이 가로막힌 듯싶었다.

후각도 청각도 그리고 시각마저도 자연의 힘 앞에서는 무용지물이었다.

그때였다.

희미하게 기척 하나가 잡혔다.

거센 눈발 속에서도 기척이 느껴지는 걸 보니, 가까이 있음이 분명했다.

그 기척이 점점 가까워지자 한빈은 눈을 크게 떴다.

한빈의 시야에 악비광의 모습이 들어왔다.

악비광의 모습은 다급해 보였다.

"도, 도와주십시오, 형님."

떨리는 악비광의 목소리에 한빈이 눈을 크게 떴다.

악비광의 가슴이 피로 물들었기 때문이다.

거기에 상의의 한쪽 소매는 뜯겨 나가 있었다.

"천산혈랑에 당한…….."

"아닙니다, 형님."

말을 마친 악비광은 상의를 풀었다.

순간 한빈의 눈이 커졌다.

그곳에는 끙끙대는 백호가 있었기 때문이다.

백호의 털은 붉게 물들어 있었다.

상처 때문에 흰 털이 붉은색으로 바뀐 것이다.

자세히 보니 그나마 다행인 것은 상처를 지혈해 놓았다는
점이었다.

악비광이 소맷자락으로 백호의 상처를 싸매 놓은 것이다.

한빈은 일단 백호를 받아 들었다.

전 같았으면 생글생글 웃었을 텐데 지금은 숨이 점점 흐려
지고 있었다.

악비광이 눈물을 글썽였다.

"형님, 백구를 살려 주십시오."

"살려 주면 뭘 주겠느냐?"

"뭐든 다 드리겠습니다, 형님."

"알았다."

"꼭 이놈을 살려 주셔야 합니다."

악비광은 연신 고개를 숙였다.

한빈은 악비광을 보며 혀를 찼다.

악비광이 저리 애절하게 매달린 적이 있던가?

항상 능구렁이처럼 속마음을 보이지 않던 놈이었다.

한빈은 조용히 백호의 상태에 집중했다.

숨이 흐려지고 있지만, 영물은 영물이었다.

내부의 영력은 멀쩡하니 말이다.

정확히는 한빈의 도움이 없어도 일정 시간만 지나면 회복할 수 있을 터였다.

미지의 영력이 놈의 신체를 회복시키고 있었다.

그를 위해서 신체의 활동을 최대한으로 낮추어 놓은 것이 분명했다.

그 영력은 아마도 내단이 있는 부위에서 나오고 있을 것이다.

이렇게 자연적으로 치유되기까지는 얼마나 걸릴까?

아마도 보름 이상 걸릴 것이 분명했다.

한빈은 그때까지 기다리지 않기로 했다.

백호의 상처에 오른손을 올린 한빈은 용린의 기운을 불어넣었다.

'기사회생!'

순간 차가워졌던 백호의 몸이 서서히 온기를 찾기 시작했다.

한빈은 모든 기운을 마저 불어 넣었다.

백호가 작게 소리를 냈다.

끄응.

소리를 낸 백호가 악비광과 한빈을 번갈아 봤다.

그러더니 다시 생글생글 웃었다.

그것도 잠시, 상처가 아픈지 소리를 내며 한빈의 가슴에 머리를 비볐다.

순간 악비광이 왈칵 눈물을 쏟았다.

"혀엉님! 백구야!"

"그만 놔라, 이놈아."

"형님은 진짜 명의십니다."

"그럼 약속도 지켜야지."

"무슨 약속 말입니까?"

"아까 뭐든 주겠다고 약속한 걸 벌써 잊었느냐?"

"그건……."

악비광이 말끝을 흐리자 한빈은 피식 웃었다.

주위를 둘러본 한빈은 재빨리 모닥불을 껐다.

그것도 모자라 모든 흔적을 지웠다.

남은 뼈들도 모두 땅에 묻고 그 위를 눈으로 덮었다.

거센 눈발 덕분에 그마저도 흔적이 남지 않았다.

흔적을 정리한 한빈은 백호를 안고 동굴을 향해 걸음을 옮겼다.

뒤를 돌아본 한빈이 말했다.

"너도 들어와라, 아우야."

"네, 형님."

악비광도 동굴 안쪽으로 들어왔다.

동굴의 입구는 점점 눈이 쌓여 막혔다.

안쪽은 빛을 내는 이끼 덕분에 서로를 알아볼 정도는 되었다.

즉 완벽한 안식처가 된 것이다.

자리를 잡고 앉자 백호가 살짝 몸을 떨었다.

상처의 구 할은 이미 회복되어 있었다.

그러니 아마도 두려움 때문에 떠는 것 같았다.

한빈이 머리를 쓰다듬자 백호의 떨림이 멈췄다.

영물이 이 정도로 두려움을 느낀다는 것은 마물이 그만큼 강하다는 얘기다.

한빈이 악비광을 바라보며 눈짓했다.

상황을 설명하라는 뜻이었다.

악비광은 자신이 겪은 일을 말했다.

"형님, 백구가 저를 구하려다가 이렇게 되었습니다. 놈들은 한 마리가 아니었습니다. 게다가……."

악비광은 쉴 틈 없이 설명을 이어 나갔다.

한빈이 듣기에는 다소 과장이 섞여 있었다.

악비광의 설명에 한빈은 계속 고개를 갸웃했다.

전에 마원이 했던 말과 달랐기 때문이다.

마교에서 기르던 천산혈랑은 두 마리라고 했다.

한 마리는 한빈의 손에 사라졌고 남은 한 마리가 북해로 향했다고 말했다.

그렇다면 남은 천산혈랑은 한 마리여야 맞았다.

그런데 악비광의 말을 들어 보면 지금 이곳에 있는 천산혈랑은 두 마리였다.

거기에 더 이해가 안 되는 부분도 있었다.

천산혈랑 중 한 마리가 악비광의 창을 앞발로 쳐 냈다고 하는 부분이었다.

악비광의 표현으로는 마물이 무공을 쓴 것이 분명했다.

무공을 쓰는 마물이라?

이건 도무지 이해가 되지 않았다.

한빈은 이전에 천산혈랑의 내단을 얻었었다.

당시에도 위험천만한 상태에서 대결을 벌이기는 했어도, 악비광이 말한 정도의 위력은 아니었다.

악비광이 과장한 것일까?

몇 가지 과장이 섞인 것은 맞지만, 천산혈랑에 대한 묘사는 사실이 분명했다.

옆에서 이야기를 듣던 백호가 고개를 끄덕이니 말이다.

한빈은 지금 심화편의 구결인 의를 통해서 악비광의 말과 백호의 마음을 교차 검증하는 중이었다.

물론 악비광의 설명 중 과장된 부분은 분명히 있었다.

예를 들어서 악비광이 천산혈랑과 비등하게 싸웠다는 부

분이었다.

그 부분에서 백호는 의문을 표시했다.

생각해 보면 말도 되지 않는 것이, 만약 악비광이 비등한 상태로 싸웠다면 백호가 저리 상처 입지는 않았을 것이다.

그때 막 악비광의 설명이 끝났다.

"……여기까지입니다. 아무래도 포기하고 내려가는 것이 좋을 듯싶습니다. 저도 내단이 탐나기는 하지만, 목숨을 거는 건 아닌 듯싶습니다, 형님."

"나도 목숨까지 거는 것은 아닌 듯싶다. 하지만!"

한빈이 눈을 빛내자 악비광의 안색이 파래졌다.

악비광의 눈에 한빈의 뒤틀린 미소가 들어왔기 때문이다.

그냥 웃는 것 같지만, 저것은 분명히 악마의 미소였다.

저 미소를 지을 때면 경천동지할 일이 벌어진다.

걱정도 잠시, 악비광은 고개를 갸웃했다.

상대는 사람이 아니기에 벌어질 일의 규모도 한정적이라는 생각이 들었다.

그때였다.

한빈이 자리에서 일어났다.

"두 마리라는 거지?"

"네, 그렇습니다."

악비광이 고개를 끄덕이자 한빈이 말했다.

"그렇다면 두 마리가 아닐 수도 있겠군……. 일단 창 좀 빌리자."

"창이라니요?"

악비광의 눈이 커졌다.

갑자기 창을 빌리려는 한빈의 의도가 이해되지 않아서였다.

그 모습에 한빈이 말했다.

"아까 뭐든 들어준다고 하지 않았나?"

"그건 그렇지만……."

"일단 줘 봐."

한빈이 손을 내밀자 악비광은 힘없이 창을 내밀었다.

창을 받은 한빈은 조용히 밖으로 나갔다.

그것도 잠시, 한빈의 모습이 사라졌다.

사사삭.

눈 밟는 소리만 남기고 사라진 한빈은 누가 봐도 이상해 보였다.

백호도 이제는 완벽히 회복됐는지 고개를 갸웃했다.

끙.

"네가 봐도 이상하지?"

악비광도 백호와 같은 표정이었다.

둘은 멍하니 한빈이 사라진 자리를 바라보기만 했다.

백호는 한빈이 걱정되는지 밖으로 나가려는 듯 뒷발에 힘을 주었다.

그 모습에 악비광이 녀석의 목덜미를 잡았다.

"형님은 너보다 더 강하니 걱정 안 해도 된다, 백구야."

끙.

백호가 고개를 갸웃하며 악비광을 바라봤다.

꧁

한빈이 다시 그들 앞에 나타난 것은 차 한 잔 마실 시간이 지나서였다.

한빈은 동굴 안으로 들어오지 않고 널찍한 공터 쪽으로 발을 옮겼다.

아래쪽에 가파른 언덕이 있는 공터의 끝부분이었다.

눈발은 조금 줄어들었지만, 시야는 완벽하지 않았다.

한빈은 뭔가를 옆에 툭 떨어뜨려 놨다.

그것은 늑대 한 마리였다.

천산혈랑이 아닌 산길에서 마주칠 수 있는 평범한 늑대였다.

물론 산길에서 늑대를 마주치는 것은 평범한 일은 아니었다.

늑대를 내려놓은 한빈의 행동에는 거침이 없었다.

그리고 한빈은 갑자기 구덩이를 파기 시작했다.

그 모습을 보고 있던 악비광은 참을 수 없다는 듯 한달음에 달려왔다.

"형님, 뭐 하십니까?"

"보면 몰라? 땅 파잖아."

"제가 도와드릴까요?"

"아니야. 위험하니 너는 뒤쪽으로 물러나 있어."

한빈은 손을 까닥이며 물러나라는 신호를 보냈다.

그때 한빈이 다시 말을 이었다.

"얘도 물러나게 해. 너보다 백구가 더 위험하다."

"백구가 위험하다고요?"

끙.

백호가 고개를 갸웃하며 한빈과 악비광을 번갈아 봤다.

그 모습에 한빈이 피식 웃으며 말을 이었다.

"지금부터 삼천 년 역사를 자랑하는 북해빙궁의 사냥법을
쓸 거거든."

"북해빙궁의 사냥법이요?"

"그런데 이게 조금 위험해서……."

한빈은 말끝을 흐리며 자리에서 일어났다.

이미 몇 번 써 본 사냥법이었다.

자리에서 일어난 한빈은 바닥에 놓았던 악비광의 장창을
잡았다.

그러더니 아무렇지 않게 장창을 파 놓았던 구덩이의 바닥
에 꽂아 넣었다.

악비광은 지금의 한 수가 범상치 않음을 단번에 알아챘다.

그도 그럴 것이, 한빈은 장창을 거꾸로 박아 넣었다.

그리고 눈이 녹지 않는 지금의 날씨를 고려하면 바닥은 바위만큼 단단할 것이었다.

그런데 두부에 이쑤시개 꽂듯 장창을 박아 넣는다고?

물론 놀람보다 호기심이 먼저였다.

아무리 생각해도 장창을 이렇게 꽂아 넣을 이유가 어디에도 없었다.

그때였다.

한빈이 늑대 가죽을 벗기더니 장창에 피를 부었다.

죽은 지 얼마 안 된 늑대의 피는 제법 뜨거웠다.

늑대의 피는 김을 내며 하얀 구덩이를 붉게 물들였다.

그것도 잠시, 늑대의 피는 바로 얼어붙었다.

거기서 끝난 것이 아니었다.

한빈은 바닥에서 늑대의 심장을 집어 들었다.

늑대의 사체로부터 빼놓은 것이었다.

한빈은 늑대의 심장을 잡아 들고는 쥐어짰다.

창날 위에 떨어지는 핏물.

핏물은 추운 날씨와 눈보라 때문에 바로 핏빛 기둥으로 변했다.

피가 완전히 얼기를 기다리던 한빈은 계속해서 늑대의 피를 부었다.

작업을 반복하자 한빈의 눈앞에는 거대한 핏빛 기둥이 만들어졌다.

한빈은 피 기둥 위에 뭔가를 툭 하고 몇 방울 떨어뜨렸다.

그 모습에 악비광이 물었다.

"그건 또 뭡니까?"

"칠보산이라는 독이다."

"독이라고요? 생불이 웬 독을 쓰십니까?"

"뭐, 너도 알다시피 내가 사천당가하고도 좀 친하잖아."

"아!"

탄성을 지르던 악비광이 잽싸게 반보 뒤로 물러섰다.

그때 백호가 호기심 가득한 눈으로 다가왔다.

그 모습에 깜짝 놀란 악비광이 백호의 목덜미를 다급하게 잡았다.

"백구야, 저건 좀 위험하다."

끙.

백호가 이해가 안 된다는 듯 고개를 갸웃하자 악비광이 말했다.

"근처에도 가면 안 돼. 길에서 뭘 주워 먹는 것보다 위험하다. 아마도 네 흰 털이 검게 변할 거다."

악비광의 말에 백호도 뒤로 주춤주춤 물러났다.

쿵.

그 모습에 한빈이 피식 웃었다.

"역시 내 아우와 백구다. 똥인지 된장인지 찍어 먹어 보지 않아도 위험성을 아는 건 좋은 태도야."

악비광과 백호는 서로를 바라봤다.

이게 칭찬인지 겁을 주는 건지 잘 몰라서였다.

한빈은 늑대의 모든 피를 창에 쏟았다.

그러고는 눈으로 피를 씻어 낸 뒤 팔짱을 끼고 창을 바라봤다.

창은 이미 핏빛 기둥이 되어 있었다.

악비광도 옆에서 같이 팔짱을 끼고 피로 만들어진 기둥을 바라봤다.

"이건 대체 뭐에 쓰려고 하십니까?"

악비광이 고개를 갸웃하자 한빈이 씩 웃었다.

"천산혈랑이 제일 좋아하는 먹이가 뭔지 알아?"

"사람이요?"

"아니, 늑대!"

한빈이 씩 웃었다.

이건 절호곡에서의 경험으로 입증된 사실이었다.

한빈은 입을 떡 벌린 악비광을 다시 바라봤다.

"아우야! 일 좀 해 볼래? 내단 하나 더 주마."

"하나를 더 주시겠다고요?"

악비광의 눈이 커졌다.

그 모습에 한빈은 눈을 가늘게 떴다.

죽을 고비를 넘긴 지가 조금 전인데 다시 달려드는 모습을 보면 이해가 되지 않았다.

한빈이 고개를 끄덕였다.

"말 그대로다. 내단 하나 더."

"뭘 하면 될까요? 형님."

"산에 돌아다니면서 아까 본 늑대를 몰고 오면 돼!"

"혹시 그 늑대가 천산혈랑인가요?"

"잘 아네."

"죽다 살아났는데 그 짓을 또 하라고요?"

"싫으면 말고! 네가 안 하면 내가 하지."

"잠시만요. 그냥 몰고 오기만 하면 되는 거죠?"

"그래, 몰고만 와!"

악비광이 눈을 빛내며 뭔가 결심한 듯 말했다.

"그럼 약속 지키셔야 합니다."

"계약서에 추가하마."

한빈의 약속이 떨어지자 악비광이 눈앞에서 사라졌다.

악비광은 자신이 창을 들지 않고 있다는 사실조차 잊었다.

사실 악비광에게 창은 중요하지 않았다.

절대로 천산혈랑과 싸우지 않을 생각이니까.

아까는 방심한 것이고, 지금은 조심만 한다면 절대 당하지 않을 자신이 있었다.

악비광이 사라진 후 한빈은 조용히 하늘을 바라봤다.

지금 작전에는 악비광의 힘이 필수적이었다.

천산혈랑은 한번 문 사냥감은 절대로 놓치지 않는다는 특성이 있었다.

즉 방금 대면했던 악비광의 냄새를 놓칠 리 없을 터.

처음 보는 먹잇감의 냄새보다 악비광의 냄새에 더 민감하게 반응할 수밖에 없었다.

천산혈랑을 잡는 것이 악비광의 앞날을 위해서도 이로웠다.

그냥 놔둔다면 악비광은 평생 뒤통수가 근질근질할 것이 분명했다.

한빈이 계획을 곱씹고 있는 사이, 마침 눈보라가 멈췄다.

한빈은 재빨리 언덕 아래쪽으로 내려갔다.

아래쪽에서는 계속 나무 다듬는 소리와 돌을 깨는 소리가 들렸다.

툭. 툭.

탁. 탁.

악비광이 천산혈랑을 유인하러 간 사이에 한빈은 만일을 대비해서 함정을 만들었다.

한빈은 단검으로 나무를 깎았다.

만월을 나무 깎는 데 쓰다니!

물론 만월은 그 어떤 단검보다 잘 들었다.

어느 정도 작업이 끝나자 한빈은 동굴 앞까지 손을 봤다.

반 시진 정도가 지나자 한빈의 작업이 끝났다.

한빈은 눈 덮인 귀산의 전경을 감상했다.

목표만 없다면 고즈넉한 달빛을 받으며 화주를 들이켜기 좋은 밤이었다.

순간 한빈은 묘한 기운을 느꼈다.

동시에 늑대의 울음소리가 들려왔다.

아우―울!

귀를 후벼 파는 듯한 이 소리는 분명 천산혈랑의 울음이었다.

한빈은 눈을 감고 기감을 끌어올렸다.

묘하게도 전에 사냥했던 천산혈랑보다 기세가 강했다.

그렇다면?

한빈이 고개를 갸웃할 때, 울음소리가 점점 가까워졌다.

그때 악비광이 달려왔다.

한빈은 재빨리 악비광의 몸에 눈을 발랐다.

체취를 지우기 위해서였다.

졸지에 눈 범벅이 된 악비광은 추위에 벌벌 떨었다.

한빈은 악비광과 백호를 동굴 안으로 넣었다.

그러고는 주변을 살폈다.

안쪽으로 들어간 한빈은 조용히 밖을 관찰했다.

달빛을 받은 핏덩이가 움직이고 있었다.

지난번에 봤던 놈보다 조금은 작았다.

놈을 보자 백호가 뛰어 나가려 다리에 힘을 모았다.

이제까지는 도망쳤지만, 지원군이 생겼다고 생각하니 호승심이 생긴 모양이다.

한빈이 백호의 목덜미를 잡았다.

한빈은 적을 힘으로 제압할 계획이 아니었다.

스스로 자멸하게 만든 후에 놈들의 내단을 취할 생각이었다.

얼마 안 지나 이 동굴 부근으로 와서 미끼를 물 것이 확실했다.

놈들이 가까이 다가오자 한빈은 재빨리 은신처로 피했다.

붉은색 털이 달빛을 받자 마치 피가 흘러내리는 듯한 착각마저 들었다.

분명히 지난번 봤던 천산혈랑과 다른 놈이었다.

크기는 작고 붉은색은 조금 더 진했다.

한빈은 재빨리 동굴로 들어갔다.

동굴로 들어갔지만, 놈의 모습은 정확히 볼 수 있었다.

얼핏 보면 핏덩이가 움직인다고 착각할 수도 있었다.

천천히 다가오는 놈의 모습에 한빈은 마른침을 삼켰다.

한빈이 긴장하는 이유는 뒤에서 따라오는 또 다른 천산혈랑 때문이었다.

역시 악비광의 말대로였다.

핏빛 기둥이 두 마리의 천산혈랑에 먹힐지는 아직 미지수였다.

이제 눈앞까지 다가왔다.

두 마리의 천산혈랑은 핏빛 기둥 주위를 쿵쿵대며 돌았다.

함정은 아닌가 찾아보는 것이 분명했다.

역시 마물로 불리는 이유가 있었다.

그것도 잠시, 한 마리의 천산혈랑이 피 기둥을 핥기 시작했다.

쓱.

마치 붓으로 종이를 훑듯 놈들의 혀가 피 기둥을 핥았다.

천산혈랑이 피 기둥을 핥을수록 그 크기는 작아졌다.

쓱.

이제 삼 분의 이만 남았다.

지금부터가 중요했다.

한빈은 두 마리 천산혈랑의 동작 하나하나에 눈을 떼지 않았다.

쓱.

그때였다.

두 마리 중 하나가 눈을 빛냈다.

둘이 먹기에는 기둥이 너무 작아진 것이다.

한빈은 어떤 놈이 우두머리일까 하고 호기심을 빛냈다.

짐승의 무리에는 항상 서열이 존재하는 법.

둘 사이에도 서열이 존재할 것이 분명했다.

하지만 한빈은 그것이 착각이라는 것을 바로 알 수 있었다.

다른 한 마리도 양보하지 않고 피 기둥에서 혀를 떼지 않았기 때문이다.

이 부분에서 한빈은 고개를 갸웃했다.

늑대의 무리에 우두머리가 존재하지 않는다는 것이 이상했다.

그것도 잠시, 한빈은 고개를 저었다.

마물이니 그럴 수도 있다는 생각이 들었다.

두 마리의 천산혈랑은 쉬지 않고 피 기둥을 핥았다.

한빈의 입가에 진한 미소가 피어났다.

이 방법이 통할까 걱정했는데, 다른 짐승과 큰 차이가 없었다.

이제는 피 기둥이 반밖에 남지 않았다.

숨겨 놨던 날이 모습을 드러내고 있다.

얼음을 핥아 대면 혀가 마비되기 마련.

게다가 늑대는 피 냄새를 맡으면 보통 정신이 나간다.

보통의 늑대라면 혀가 천 갈래 만 갈래 찢어져도 피에 정신이 팔려 혀가 어떻게 되는지를 알아채지 못하는 것이 일반적이다.

과연 천산혈랑에게도 통할까?

지금부터가 승부처였다.

한빈이 막 입꼬리를 올리려고 할 때였다.

갑자기 천산혈랑의 모습이 보이지 않았다.

놈들이 없어진 것이 아니라 동굴 앞의 시야가 막힌 것이다.

한빈은 재빨리 손을 들었다.

뒤로 물러나라는 신호였다.

순간 백호와 악비광이 입구에서 떨어져 뒤쪽으로 물러났다.

한빈도 재빨리 반박귀진을 쓰고 옆으로 한 발 물러났다.

그때 작게 뚫린 동굴 입구를 통해 김이 들었다.

스륵.

순간 한빈은 그것이 짐승의 콧김이라는 것을 알아챘다.

동굴 안으로 역한 냄새가 풍겨 왔기 때문이다.

그때였다.

동굴 입구가 살짝 흔들렸다.

쿵. 쿵.

한빈은 조심스럽게 밖을 살폈다.

순간 한빈의 눈이 한계까지 커졌다.

두 마리의 천산혈랑은 순한 양이 되어서 양쪽으로 빠져 있었다.

대신 핏빛 기둥의 앞에는 놈들보다 몇 배는 큰 새로운 천산혈랑이 자리를 잡고 있었다.

한빈은 저놈이 우두머리라는 것을 바로 알아챘다.

우두머리 천산혈랑의 앞에서 다른 놈들은 그저 동등한 늑대에 불과한 것이 분명했다.

새로 등장한 우두머리는 조용히 늑대를 바라봤다.

우두머리 천산혈랑은 다른 놈을 대신해서 핏빛 기둥을 핥고 있었다.

드디어 날이 드러났다.

천산혈랑의 입가에서 피가 뚝뚝 떨어진다.

창날에 발라 놨던 칠보산의 독이 놈의 혀를 통해 들어갔을 것이다.

천산혈랑의 피와 짐승의 피가 섞여서 웅덩이를 만들고 있다.

그 와중에도 놈은 계속 창날에 솟은 피 기둥을 핥고 있다.

칠보산이 안 통한다는 것은 놈이 만독불침에 가깝다는 이야기였다.

한빈은 속으로 혀를 찼다.

조용히 시간을 가늠하던 한빈은 안도의 한숨을 내쉬었다.

지금 본 우두머리는 절호곡에서 만난 천산혈랑과는 전혀 다른 존재였다.

만약에 절호곡에서 봤던 천산혈랑과 똑같다고 생각하고 맞섰다면?

분명히 희생자가 생겼을 것이었다.

악비광이 될 수도 있었고 백호가 될 수도 있었다.

사람의 무공으로 표현하자면 누구라고 해야 할까?

아니 그 누구보다 강할 수도 있었다.

천산혈랑을 바라보던 한빈이 눈을 크게 떴다.

우두머리의 몸에서 천급 구결의 흔적을 발견했기 때문이었다.

그러지 않아도 천급 구결을 구할 곳이 마땅치 않았기에 포기하고 있던 참이었다.

그런데 천급 구결이라니?

내단도 충분한데 천급 구결까지?

한빈은 자신도 모르게 입을 딱 벌렸다.

이건 노다지도 보통 노다지가 아니었다.

지금 보이는 천급 구결은 정확히 두 개.

온전히 저 두 개를 모두 획득할 수 있다면 이제 천급 초식 열 개가 완성된다.

한빈은 자신도 모르게 검을 움켜잡았다.

당장이라도 뛰어나가서 천급 구결을 자신의 것으로 만들고 싶었다.

물론 그 욕망을 잠재우는 데는 그리 오래 걸리지 않았다.

상대를 꺾기 위해서 이렇게 꼼꼼하게 계획을 세운 것이 아니기 때문이다.

한빈이 이렇게 촘촘히 그물을 쳐 놓은 것은 놈들의 내단을 얻기 위해서였다.

덤으로 천급 구결까지!

그렇다면 놈들이 덫에 걸릴 때까지 기다리면 되었다.

한 시진이 지나자 천산혈랑이 살짝 비틀거린다.

이젠 천산혈랑도 자신의 몸 상태를 알아챈 것 같다.

붉은 털 때문인지 입가에 묻은 피가 그리 티가 나지 않는다.

다만, 이곳까지 진한 혈향이 퍼지고 있다.

한빈이 들이부었던 늑대의 피와는 전혀 다른 냄새였다.

약간은 역겹기까지 한 지독한 냄새.

칠보산과 천산혈랑의 피가 섞여 괴상한 냄새가 나는 게 확실했다.

끼익.

날카로운 소리를 내며 우두머리 천산혈랑이 뒤로 물러났다.

놈이 물러난 곳에는 창날이 반짝이고 있다.

방금 들린 소리는 천산혈랑이 이빨로 창날을 긁은 소리였다.

아무래도 함정임을 알아챈 것이 분명했다.

물론 늦었지만 말이다.

천산혈랑이 물러난 자리에는 제법 넓은 피 웅덩이가 생겼다.

저 정도 피가 몸 밖으로 빠져나갔으면 쓰러져 죽음을 기다려야 했다.

아직 설 힘이 있다니, 역시 보통이 아니었다.

천산혈랑을 마물이라 부르는 이유가 여기 있었다.

툭. 툭.

놈이 눈을 밟으며 천천히 공터를 벗어났다.

그것도 잠시, 우두머리는 비틀거리더니 언덕으로 굴러떨어졌다.

데구루루.

그 뒤를 두 마리의 작은 천산혈랑이 따라갔다.

한빈은 그제야 눈을 빛내며 검을 움켜쥐었다.

이제는 때가 된 것이었다.

한빈은 백호를 보며 입술에 검지를 갖다 댔다.

백호도 의미를 아는지 소리 없이 고개를 끄덕였다.

한빈은 이번에는 악비광을 바라봤다.

악비광도 고개를 끄덕였다.

상대는 모두 세 마리였다.

두 마리는 둘이 각각 유인해야 했다.

두 마리도 칠보산의 영향을 받은 듯 보였다.

우두머리를 따르는 두 천산혈랑이 비틀댔기 때문이다.

한빈은 하얀 눈 위의 핏자국을 따라 천천히 걸었다.

보름달이 떠서 그런지, 하얀 눈 위의 핏자국이 마치 야명주처럼 밝게 보였다.

···

천산혈랑은 그리 멀리 가지 않았다.

언덕 아래 이백 걸음 정도 떨어진 곳에 소리를 내며 쓰러졌다.

쿵.

바위가 울리며 새들이 날아올랐다.

마치 한 폭의 수채화를 보는 기분이었다.

그것도 잠시, 한빈의 가슴이 철렁 내려앉았다.

그제야 천급 구결이 생각났기 때문이다.

이제까지의 경험으로 미루어 보면, 천급 구결은 죽은 생물에게는 보이지 않았다.

터벅터벅.

한빈은 기척을 죽일 필요 없이 쓰러진 천산혈랑을 향해 휘적휘적 걸어갔다.

악비광과 백호가 한빈의 뒤를 따랐다.

목적지에 도착하자 둘이 호위 무사처럼 한빈의 뒤에 섰다.

한빈이 검을 뽑았다.

스르릉.

달빛을 받은 검날은 뭐든 벨 수 있을 것처럼 예기를 뿜어

냈다.

우두머리 천산혈랑의 앞에 선 한빈은 섣불리 다가가지 않았다.

한빈은 입가에 미소를 피워 올렸다.

"어딜 속이려고!"

이 말은 진심이었다.

우두머리 천산혈랑이 멀쩡하다는 것을 알아챈 것이다.

그 이유는 바로 놈의 몸체에 일렁이는 천급 구결의 흔적 때문이었다.

한빈은 뒤쪽에 신호를 보냈다.

악비광과 백호에게 보내는 신호였다.

악비광은 여분의 창을 꺼내 들고 우두머리를 호위하는 조그만 천산혈랑을 향해 달려들었다.

악비광은 정확히 다섯 걸음 앞에서 방향을 바꾸었다.

일단 도망가기 시작한 것이다.

백호도 악비광과 똑같이 다른 천산혈랑을 유인했다.

이제 우두머리와 한빈만이 남은 상태였다.

한빈은 바위 옆 넝쿨을 바라봤다.

서-걱!

고민 없이 넝쿨을 자른 한빈이 뒤로 물러섰다.

동시에 절벽 위의 바위들이 들썩이기 시작했다.

한빈은 재빨리 뒤로 물러섰다.

우르릉. 쾅!

산사태가 난 듯 우두머리 천산혈랑의 위로 바위들이 쏟아졌다.

한빈이 외쳤다.

"이게 바로 병법이라는 거다! 사람과 마물의 차이점이지! 죽은 척을 하다니 요망한 것."

말을 마친 한빈은 돌무더기로 다가갔다.

바위틈 사이로 보이는 천산혈랑의 목덜미를 향해 검을 내리찍었다.

바로 천급 구결이 보이는 요혈 중 하나였다.

팅.

이상한 소리였다.

분명 칼이 박혀야 하는데 쇳소리가 울렸다.

한빈은 재빨리 뒤로 열 걸음 물러섰다.

천산혈랑을 덮고 있던 바위가 무너져 내렸다.

한빈은 재빨리 뒤돌아 뛰었다.

우두머리 천산혈랑의 가죽은 도검불침에 가까웠다.

물론 혓바닥에서 흘린 피는 진짜였다.

놈은 그 정도로 쓰러지지 않고 도리어 함정을 팠다.

한빈도 그 함정을 알아채고 수를 썼지만, 놈은 다시 함정을 팠다.

여기까지가 놈과 한빈의 머리싸움이었다.

한빈은 쉬지 않고 달렸다.

한비의 입가에 진한 미소가 피어났다.

놈이 강한 만큼 내단의 효과도 꽁장할 것이라는 예감이 들었다.

'구걸십팔보!'

사사─삭.

한빈의 속도가 더 빨라졌다.

달리던 한빈이 입맛을 다셨다.

한빈이 빨라진 만큼 천산혈랑도 힘을 냈기 때문이다.

점점 내단의 효과가 기대되는 것은 왜일까!

한빈은 구걸십팔보를 극성까지 높였다.

파바박.

그제야 놈과의 거리가 조금씩 벌어지기 시작했다.

눈 위를 달리던 한빈의 시선이 몇십 걸음 앞 나무에 멈췄다.

목표를 확인한 한빈은 잠시 속도를 줄였다.

이제 뒤에서 쫓아오는 천산혈랑의 속도에 맞춰야 했다.

한빈은 나무 옆 넝쿨을 검으로 내리그었다.

이것은 함정이었다.

한빈은 천산혈랑을 사냥감이 아닌 적으로 생각했다.

천산혈랑이 함정을 팔 수도 있고, 놈의 무위가 생각보다 높을 수도 있다고 확신했다.

따라서 한빈은 이중 삼중으로 대비를 해 놨다.

그런데 지금 생각해 보니 다소 준비가 미흡했다는 생각이 들었다.

서-걱!

덩굴 잘리는 소리와 함께 한빈의 머리 위로 거대한 나무 기둥이 지나갔다.

그 나무 기둥에는 죽창이 꽂혀 있었다.

한빈은 재빨리 허리를 뒤로 꺾으며 나무 기둥을 피했다.

그러고는 바로 다음 나무의 옆 넝쿨을 잘랐다.

서-걱!

동시에 똑같은 모양의 나무 기둥이 위에서 아래쪽을 훑고 지나갔다.

한빈은 뛰어오르며 다음 넝쿨을 자른 후 몸을 틀며 다리에 찬 만월을 뽑았다.

좌우로 움직이는 통나무.

통나무에는 나무 송곳이 박혀 있었다.

그 통나무는 각기 다른 방향으로 움직였다.

한빈의 귓가에 천산혈랑을 때리는 소리가 울렸다.

뿌지직.

빡!

도검불침의 마물에게 저 함정이 먹힐 리가 없었다.

하지만 무림 칠대기보 중 하나인 만월이라면?

한빈은 정신없이 쏟아지는 함정을 바라보며 만월을 뽑았다.

그러고는 용린검법의 초식을 떠올렸다.

'일촉즉발!'

'전광석화!'

당연하게도 한빈의 단검, 즉 만월이 향한 것은 천급 구결의 흔적이었다.

퍽!

한빈은 자신도 모르게 입꼬리를 올렸다.

바로 손끝의 감각 때문이었다.

아직 글귀는 떠오르지 않았지만, 손끝에 느껴지는 감각은 분명히 천산혈랑의 가죽이 뚫렸다는 것을 말해 주고 있었다.

한빈은 재빨리 만월을 다시 회수하며 뒤로 물러났다.

뒤로 물러나던 한빈은 눈을 가늘게 뜨고 통나무로 뒤덮인 앞을 바라봤다.

한빈이 이해 안 되는 것은 글귀가 나타나지 않았기 때문이다.

예상대로라면 천급 구결을 획득했다는 글귀가 나와야 했다.

그런데 용린검법은 묵묵부답이었다.

그렇다면?

이유는 하나였다.

놈의 가족을 뚫지 못했다든가?

아니면 이것이 놈의 함정이든가 말이다.

한빈이 앞을 바라보고 있을 때였다.

앞쪽에서 굉음이 울려 퍼졌다.

팡!

동시에 통나무가 한지처럼 찢어지며 먼지가 되어 흩날렸다.

먼지 속을 뚫고 붉은색 덩어리가 한빈을 향해 날아왔다.

획!

빙글빙글 돌면서 날아오는 붉은색 물체를 본 한빈이 재빨리 만월을 들었다.

붉은색 물체는 다름 아닌 작은 천산혈랑이었다.

그렇다면?

백호나 악비광 둘 중 하나가 당했을 확률이 높았다.

하지만 지금은 남을 걱정할 때가 아니었다.

빙글빙글 돌며 날아오던 천산혈랑이 앞발을 세웠다.

순간 번뜩이는 놈의 발톱.

그것은 그 어떤 쇠붙이보다 더 날카로웠다.

큰 놈이 작은 놈을 암기처럼 쏘아 낸 것이다.

역시나 악비광의 말이 맞았다.

절호곡의 천산혈랑과는 달리, 놈들의 움직임은 무공의 초식과 묘하게 닮아 있었다.

한빈은 지금 놈과 충돌해 봤자 이득이 없으리라는 걸 알고 있었다.

한빈은 옆으로 한 발 비키며 놈을 튕겨 냈다.

암기처럼 날아오는 놈을 피하며 방향만 바꾼 것이다.

방향만 바꾸어 작은 놈을 큰 놈에게 도로 날렸다.

천산혈랑은 작은 놈을 앞발로 다시 받았다.

바닥에 떨어진 작은 놈은 숨을 헐떡였다.

자세히 놈을 들여다보니 작은 놈의 몸통이 뚫려 있었다.

아마도 한빈이 구결을 향해 만월을 뻗었을 때 적중한 것은 큰 놈이 아니라 작은 놈인 것 같았다.

그때 맞은 상처로 저렇게 힘을 못 쓰고 말이다.

그때였다.

큰 천산혈랑이 작은 놈의 앞을 막아섰다.

마치 상처 입은 작은 놈을 보호하려는 듯 보였다.

한빈은 그 판단을 바로 바꾸어야 했다.

큰 천산혈랑은 작은 놈의 목을 앞발로 밟았다.

딱 한 수만에 작은 천산혈랑의 숨이 끊어졌다.

한빈을 막아선 놈의 행동은 먹잇감을 빼앗기지 않기 위해서가 분명했다.

순간 작은 놈에 있던 붉은 기운이 큰 놈에게 흘러 들어갔다.

한빈은 그리 놀라지는 않았다.

강호에도 흡공 혹은 격체전공의 수법이 있지 않은가?

어찌 보면 한빈의 기사회생도 다른 이에게 작용하는 무공이었다.

녀석들도 비슷한 수법을 쓰는 것 같았다.

마물이 무공을 쓴다고 생각하면 저 정도는 한빈에게 놀라운 일이 아니었다.

다만 놈의 몸에 있던 상처가 눈에 띄게 줄었다는 점이 문제였다.

큰 천산혈랑은 작은 놈의 생명력으로 자기 생기를 되찾은 것이 분명했다.

한빈은 재빨리 놈이 있는 곳으로 달려갔다.

이쯤 되자 한 마리가 더 나타난다면 그게 문제라는 생각이 들었다.

그곳으로 간 한빈은 재빨리 만월을 뻗었다.

순간 천산혈랑이 이형환위를 펼친 것처럼 자리에서 사라졌다.

한빈은 멈추지 않았다.

도리어 자리를 피한 천산혈랑이 고마울 따름이었다.

한빈은 재빨리 사체의 앞발에서 발톱 하나를 뺐다.

그러고는 왼손에 그 발톱을 들었다.

절호곡에서도 깨친 것이지만, 천산혈랑의 가죽을 가장 잘 뚫을 수 있는 것은 놈들의 발톱이었다.

'부창부수.'

서로 다른 초식을 펼칠 수 있는 용린검법의 수법.

양손에 단검을 든 한빈은 재빨리 위쪽을 올려다봤다.

위쪽에서는 거대한 붉은 몸체가 달을 가리고 있었다.

점점 커지는 붉은 몸체.

한빈은 재빨리 만월을 내밀었다.

'일촉즉발!'

만월의 끝에 푸른 기운이 맺혔다.

천산혈랑의 발톱과 한빈의 만월이 부딪치려 할 때였다.

천산혈랑이 사라졌다.

동시에 한빈도 사라졌다.

서로 허점을 노리고 달려들다가 바로 앞에서 비껴간 것이
다.

하지만 한빈은 뒤쪽으로 물러나며 왼손을 뻗었다.

'백발백중!'

'성동격서!'

백발백중에 성동격서를 더하자 왼손에 있던 발톱이 묘한
궤적을 그리며 날아갔다.

천산혈랑은 가소롭다는 듯 아무렇지 않게 앞발로 발톱을
쳐 냈다.

그것도 잠시, 큰 천산혈랑이 울부짖기 시작했다.

아우웅!

한빈은 천산혈랑의 목에 박힌 발톱을 보며 피식 웃었다.

"하나라고는 안 했다."

이 말은 사실이었다.

한빈은 죽은 천산혈랑의 몸에서 하나의 발톱만을 취하지 않았다.

지금 날린 발톱도 하나가 아니었다.

한빈의 투척술 때문에 하나로 보이기는 했지만, 실제로는 두 개.

놈이 하나를 쳐 냈다고 좋아했을 때 나머지 하나가 빈틈을 뚫고 적중한 것이다.

[용안으로 구결을 획득합니다.]

[천급 구결 전(轉)을 획득하셨습니다.]

[알 수 없는 구결 : 오(五)]

[천급 구결 : 일(一), 심(心), 전(轉)]

이제 천급 구결 완성까지는 하나만 남은 상태.

글귀를 확인한 한빈은 재빨리 뒤쪽으로 후퇴했다.

천산혈랑의 눈동자를 보았기 때문이다.

놈은 오늘 이 싸움을 중단할 것 같지 않았다.

그렇다면 무리하게 맞붙을 필요는 없었다.

한빈은 놈의 속도가 가면 갈수록 줄어든다는 것을 알아챘다.

칠보산이 늦게나마 효력을 발휘하고 있다는 것이 분명했다.

한빈은 뒤로 물러나며 손짓했다.

"나 잡아 봐라!"

천산혈랑은 그 뜻을 아는지 신경질적으로 포효를 토해 냈다.

아웅!

그 소리를 시작으로 한빈은 뒤쪽으로 물러났다.

사사 삭.

한빈과 천산혈랑의 그림자가 동시에 사라졌다.

눈 덮인 귀산 여기저기에 붉은색 점이 찍히기 시작한 것은 잠시 뒤의 일이었다.

붉은 점은 바로 한빈과 천산혈랑이 만들어 낸 것이었다.

붉은 무복의 한빈과 붉은 털의 천산혈랑이 귀산의 곳곳에서 나타났다 사라지기를 반복했다.

챙. 챙.

마치 악공이 징을 치듯 그들의 격돌은 묘한 여운을 남겼다.

한빈이 이렇게 천산혈랑을 약 올리는 이유는 간단했다.

바로 칠보산이 지금에서야 놈의 몸 곳곳에 퍼지기 시작했기 때문이다.

활동량에 따라 독이 느리게 퍼지기도, 빨리 퍼지기도 하는 것은 당연한 법.

이제야 천산혈랑의 붉은 털에 간간이 검은색 점이 보인다.

그때부터였다.

한빈의 뒤를 집요하게 따라붙던 천산혈랑이 갑자기 뒤돌아 도망치기 시작한 것은.

당연히 그 기회를 놓칠 한빈이 아니었다.

이제는 반대로 한빈이 놈을 추격하기로 했다.

놈은 얼마 가지 않아 동작을 멈췄다.

놈이 동작을 멈춘 이유는 사라졌던 한 마리의 작은 천산혈랑이 나타났기 때문이었다.

한빈의 눈에는 이후에 일어날 일이 훤히 보였다.

아마도 둘 중 하나일 터.

둘이 합공을 하든가?

아니면 큰 놈이 작은 놈을 다시 잡아먹으려 할 터였다.

놈들은 첫 번째 선택을 했다.

작은 놈이 한빈이 있는 쪽으로 펄쩍 뛰었다.

동시에 큰 놈도 거대한 입을 한계까지 벌리고 한빈에게 달려들었다.

한빈은 재빨리 만월을 뻗으며 용린검법을 떠올렸다.

'허장성세!'

"그만!"

한빈이 소리 질렀다.

허장성세의 효과로 달려들던 작은 놈이 멈췄다.

동시에 한빈은 큰 놈의 앞발을 쳐 냈다.

챙!

그러고는 바로 왼손을 뻗었다.

여러 개의 발톱이 한빈의 왼손에서 쏟아졌다.

발톱 중 하나가 놈의 콧구멍에 박혔다.

놈이 고통스러운지 앞발로 콧구멍을 비볐다.

놈의 실책이었다.

순간 틈이 보였다.

한빈은 재빨리 놈의 뱃가죽을 향해 만월을 박았다.

휙!

그때였다.

정신 차린 작은 천산혈랑이 다시 끼어들었다.

꽉.

작은 놈이 한빈의 만월을 깨물었다.

한빈은 놈의 속도에 놀랐다.

한빈은 다시 만월을 거두었다.

이제 한빈에게 남은 발톱은 하나.

한빈은 다시 왼손에는 발톱을, 오른손에는 만월을 잡았다.

한빈은 두 놈을 보며 입꼬리를 올렸다.

한빈의 눈에 보이는 것은 놈들의 발톱과 가죽 그리고 내단이었다.

물론 가장 중요한 것은 남아 있는 천급 구결이었다.

그때였다.

콧등에 피 칠을 한 천산혈랑이 고개를 휘휘 저었다.

그와 동시에 코에 박혔던 발톱이 날아갔다.

주변에는 늑대의 피가 흩뿌려졌다.

아마도 그게 신호인 듯싶었다.

피를 사방으로 뿌린 큰 놈이 입을 벌리자, 작은 놈도 이빨을 들이대며 한빈을 향해 밀려 들어왔다.

한빈은 작은 놈은 만월로 막고 큰 놈은 발톱으로 막았다.

동시에 일정한 거리를 유지했다.

팅.

발톱이 큰 천산혈랑의 힘을 견디지 못하고 부러졌다.

천산혈랑은 잠시 주춤했다.

부러진 발톱이 놈의 혀에 박혔기 때문이다.

갑작스러운 상황에 작은 천산혈랑도 공격을 멈췄다.

한빈은 이때를 틈타 재빨리 진룡파혼검을 전개했다.

무쇠도 날려 버리는 것이 진룡파혼검이었다.

물론 진기를 모으는 시간이 필요한 초식이기에, 고정된 사물에만 쓸 수 있는 한계가 있었다.

하지만 지금이라면 쓸 수 있을 것 같았다.

놈이 정신을 차린다면 한빈을 향해서 달려들 터.

그때까지 용린의 기운을 모으면 되었다.

그때였다.

정신 차린 작은 천산혈랑이 한빈에게 다시 달려들었다.

한빈의 옆구리 쪽이었다.

하지만 한빈은 피하지 않고 그대로 놈에게 옆구리를 내주었다.

지금 움직이면 진룡파혼검의 기운이 흐트러질 수밖에 없었다.

기회를 얻기 위해서는 모험을 거는 것이 맞았다.

거기에 더해 안쪽에 입은 천잠의를 믿는 것이 맞겠다고 생각해서였다.

뜨득.

살갗은 멀쩡하지만, 놈의 이빨에 뼈가 부러졌다.

누가 봐도 한빈은 늑대 밥이 될 상황이었다.

큰 천산혈랑이 기고만장한 눈빛으로 한빈을 향해 천천히 다가왔다.

물론 이런 상황을 한빈은 바라고 있었다.

언젠가는 끝내야 할 싸움.

한빈이 생각하기에 자신이 미끼가 되는 것은 이 싸움을 가장 빨리 끝내는 방법이었다.

그 순간에도 용린의 기운이 한빈의 혈맥을 누볐다.

그때 천산혈랑이 거대한 아가리를 벌렸다.

그 모습을 보던 한빈이 피식 웃었다.

만월에 맺히는 거대한 용린의 기운 때문이었다.

'넷, 둘, 하나!'

기운이 모이자 한빈은 기회를 틈타 재빨리 진룡파혼검의 기운을 앞쪽에 쏟아 냈다.

팡!

강대한 공력이 놈의 입속으로 빨려 들어갔다.

팡!

그 소리와 동시에 놈의 내부에서 묘한 소음이 울렸다.

찌지직.

마치 두 개의 거대한 기운이 뒤섞이는 소리였다.

한빈은 이 대결에 종지부를 찍었음을 확신했다.

옆구리를 물고 있던 작은 천산혈랑은 진룡파혼검의 기운에 나가떨어진 지 오래.

이제는 마지막 남은 천급 구결을 취할 차례였다.

슬쩍 입꼬리를 올린 한빈은 뒤쪽으로 물러나려 했다.

그때였다.

한빈의 눈이 커졌다.

천산혈랑의 입속에서 생각지도 못한 기운이 뿜어져 나왔기 때문이었다.

그것은 거대한 구체였다.

한빈이 펼쳤던 진룡파혼검의 기운과 비슷했다.

앞을 본 한빈은 재빨리 용린검법의 초식을 펼쳤다.

'금선탈각!'

간격에서 벗어난 한빈은 늦기 전에 재빨리 만월을 날렸다.

'백발백중!'

만월이 빨려들듯 천산혈랑의 몸통에 박혔다.

푹!

순간 한빈의 앞에 글귀가 나타났다.

순조로운 항해

[용안으로 구결을 획득합니다.]
[천급 구결 기(機)를 획득하셨습니다.]

한빈은 회심의 미소를 지었다.
천급 구결의 흔적이 사라지기 전에 마지막 구결을 건진 것
이다.

[알 수 없는 구결 : 오(五)]
[천급 구결 : 일(一), 심(心), 전(轉), 기(機)]

그때 글귀가 이어졌다.

[천급 초식 심기일전(心機一轉)을 획득하셨습니다. 모든 구결을 하나로 모을 수 있습니다. 하나로 모은 구결에는 한계가 없습니다. 지속 시간은 반 시진입니다. 심기일전은 열두 시진에 한 번 사용할 수 있습니다.]

한빈은 고개를 끄덕였다.

글귀를 읽지 않아도 그 뜻이 바로 머리에 들어왔기 때문이다.

심기일전은 한마디로 심화편의 기본 구결을 관리할 수 있는 초식이었다.

모든 초식을 하나로 모아 한계인 백 개를 넘길 수 있다는 말이었다.

예를 들어서 공이 오백 개가 된다면?

이론상으로는 순식간에 팔 갑자가 넘는 공력을 지니게 된다.

지의 구결에 집중한다면 마음먹기에 따라서는 천하제일의 천재가 될 수 있었다.

간단히 말해서 반 시진 동안은 어떤 한 분야에 있어 최고가 될 수 있다는 이야기가 이 초식의 핵심이었다.

그때 다시 글귀가 나타났다.

[천급 구결 열 개를 모두 모았습니다. 이제 용린검법의 다음 단계가 실행됩니다. 무아경지에 듭니다.]

그 글귀에 한빈은 눈을 크게 떴다.

지금은 무아경지에 들 때가 아니었다.

일단 이곳을 벗어나는 것이 먼저였다.

한빈이 구걸십팔보를 펼치려고 할 때였다.

갑자기 큰 천산혈랑의 몸이 한없이 부풀어 올랐다.

놈의 입가를 보니, 한빈이 쏘아 낸 진룡파혼검의 기운이 아직도 놈의 몸 안에 머물러 있었다.

자세히 보니 그 진룡파혼검의 기운을 검은 기운이 감싸고 있었다.

아마도 마물이 지닌 마기와 용린의 기운이 충돌한 것 같았다.

놈의 모습을 본 한빈은 아찔한 느낌이 들었다.

말이 진기의 충돌이지, 순수한 용린의 기운과 마물의 마기는 어찌 보면 상극이었다.

모양새를 보면 폭약을 향해 타들어 가는 심지를 보는 것과 같았다.

용린의 기운과 마기가 뒤엉키며 그 농도는 점점 짙어져 갔다.

마치 시간과 공간마저 집어삼킬 듯 모든 것을 흡수하고 있었다.

그 기운은 점점 끈적끈적해졌다.

마치 파리를 잡기 위해 놓은 끈끈이 같았다.

한빈은 지체하다가는 끈끈이에 붙은 파리가 될 수도 있다는 것을 직감했다.

한빈은 재빨리 구걸십팔보를 펼쳤다.

순간 한빈은 입을 딱 벌렸다.

몸이 제대로 움직이지 않았기 때문이다.

용린의 기운과 마물의 마기가 뒤섞인 구체는 한빈의 몸에 있는 힘을 흡수하기 시작했다.

그뿐이 아니었다.

짙게 변한 회색의 기운은 한빈의 몸을 감쌌다.

이건 혼자 죽을 수 없다는 마물의 마지막 발악 같았다.

그때였다.

한빈은 시간이 느려지는 듯한 착각이 들었다.

"아, 이런 미친!"

한빈은 욕지거리를 토해 냈다.

용린검법이 말한 다음 단계에 접어들기 위한 깨달음의 과정이 시작된 것이다.

이왕이면 그 시간을 선택할 수 있었다면 좋았을 텐데!

물론 한빈이 선택할 수 있는 것은 아니었다.

일반 무인들에게도 깨달음은 불현듯 찾아오는 법이니 말이다.

문제는 몸을 보호하는 것이었다.

한빈은 재빨리 심기일전을 사용했다.

'심기일전!'
한빈은 모든 구결을 한쪽에 몰았다.

[복(復) : 팔십구(八十九)]
[……]
[복(復) : 이백구십(二百九十)]
[……]

심기일전의 설명대로 한 곳에 모든 구결이 집중되었다.
한빈이 선택한 것은 다름 아닌 복의 구결이었다.
모든 구결을 모아 놓으니 복의 구결은 오백이 넘었다.
복의 구결만 넉넉하다면 천산혈랑이 펼치는 동귀어진의
수법에도 몸을 멀쩡하게 지킬 수 있을 것 같았다.
순간 귓가에 묘한 소리가 울려 퍼졌다.
빠—지직!
천산혈랑의 장기가 터지는 소리가 분명했다.
한빈의 진기와 천산혈랑의 마기가 거대한 진기의 소용돌
이를 만들어 낸 것.
그 소용돌이를 감당 못 한 천산혈랑의 내부가 터져 나가고
있는 것이 지금의 상황이었다.
한빈이 마지막으로 본 것은 갈라지는 거대한 회색빛 구체.
구체 속에서 퍼져 나오는 빛은 투명하기 이를 데 없었다.

순간 한빈은 눈을 감았다.

눈을 감고 나니 확인할 수 있는 것은 용린검법의 구결밖에 없었다.

눈 깜짝할 사이에 구결이 줄어들기 시작했다.

오백이 넘던 복의 구결은 순식간에 삼백 대로 줄어들었다.

그러고도 계속 줄어드는 복의 구결.

[복(復) : 삼백팔십(三百八十)]

[……]

[복(復) : 삼백오십(三百五十)]

한빈은 자신도 모르게 입을 벌렸다.

물론 실제로 입을 벌리지는 않았다.

지금은 자신의 무의식 속이라는 것을 한빈도 알고 있었다.

이제는 복의 구결을 믿고 깨달음에 집중하는 수밖에 없었다.

용린검법의 다음 단계가 의미하는 것은 과연 무엇일까?

눈을 다시 뜨게 되면 어떤 변화가 있을까?

그때였다.

무의식 속 한빈의 눈앞에 기겁할 만한 광경이 펼쳐졌다.

용린검법의 책장에 금이 가기 시작한 것이다.

그것도 잠시, 용린검법이 낙엽 바스러지듯 조각났다.

뭐지?

한빈이 고개를 갸웃하고 있을 때였다.

부스러졌던 책이 다시 한곳으로 뭉쳤다.

사람이 환골탈태하듯, 한빈의 머릿속에 들어 있던 용린검법도 다시 태어난 것이 분명했다.

용린검법이 다시 조합되자 한빈은 더욱 집중했다.

하지만 용린검법에서 변한 부분은 찾아볼 수 없었다.

글자만 조금 진해져서 알아보기 쉬울 뿐, 다른 변화는 전혀 없었다.

그때였다.

한빈의 귓가에 귀에 익은 목소리가 들려왔다.

"혀엉님! 저를 두고 이렇게 가시다니!"

이건 악비광의 목소리였다.

마물에게 해를 입은 줄 알았더니 다행히 살아 있었다.

그렇다면 백호는?

한빈이 의문을 품고 있을 때 그 마음을 읽었다는 듯 백호가 소리를 냈다.

쿵!

그 소리에 한빈은 살짝 안심했다.

그런데 이상한 일이 일어났다.

당황한 악비광의 목소리가 계속 들려온다는 점이었다.

"아우가 형님의 시체라도 찾겠습니다."

크응!

백호도 악비광의 말에 답했다.

한빈은 아직 눈을 뜰 수도 없는 상태였다.

청각 이외의 감각이 아직 돌아오지 않았기에 어떤 상황인지 파악도 되지 않았다.

대체 무슨 일이 일어난 것일까?

한빈은 작게 한숨을 내쉬었다.

차 한 잔 마실 시간이 지나서야 감각이 돌아왔다.

"휴."

한숨을 내쉰 한빈은 눈을 떴다.

눈을 뜬 한빈은 황당한 광경에 입을 딱 벌려야 했다.

주변 오십 걸음 정도가 검은색 물로 덮여 있었다.

누가 봐도 그 안쪽에는 살아 있는 것 따위는 없어 보였다.

주변에 가득했던 나무도 다 쓸려 나가고 없었다.

이 모습만 본다면 불이라도 났다고 착각할 수밖에 없었다.

한빈은 자신의 몸을 살폈다.

몸을 보니 자신도 검은색 물을 뒤집어쓰고 있었다.

끈끈한 것이 마치 흑유를 뒤집어쓴 것만 같았다.

거기에 불쾌한 냄새가 코끝을 찔렀다.

자세히 맡아 보니 칠보산의 냄새였다.

마기에 독액이 섞인 결과 같았다.

이러니 악비광이나 백호도 이곳에 접근하지 못했을 것이다.

아니, 접근했다고 해도 한빈을 찾을 수 없었을 것이다.

한빈은 옷에 묻은 잔재를 털어 내고는 천천히 안쪽을 둘러봤다.

안쪽을 보니 빛나는 한 개의 내단이 있었다.

검지와 엄지를 오므리면 딱 들어갈 크기의 내단이었다.

그런데 내단의 색이 조금 이상했다.

천산혈랑의 내단 같지 않고, 마치 흑진주처럼 검은빛이 맴돌았다.

본래 천산혈랑의 내단은 붉은빛이 맴돌아야 정상.

한빈은 천산혈랑의 내단을 품속에 넣었다.

옆을 보니 손톱만 한 내단 두 개도 있었다.

그것도 잿빛 기운이 감돌았다.

지금 주운 두 개는 작은 천산혈랑의 것이었다.

놈들을 보니 원래 두 개의 내단을 지니고 있다가 완벽한 성체가 되면 하나로 내단이 합쳐지는 것이 분명했다.

한빈은 일단 천산혈랑의 내단을 모두 품에 넣었다.

다만 아쉬운 것은 내단 말고 다른 것을 건질 수 없었다는 점이다.

폭발이 얼마나 지독했는지 놈들의 발톱과 가죽을 모두 날려 버렸다.

한빈은 입꼬리를 올렸다.

천산혈랑의 가죽도 날려 버릴 정도의 폭발에서 살아남았

으니 새로운 초식의 효능은 입증된 것이다.

한빈은 밖으로 나와서 하얀 눈으로 몸을 씻었다.

그러고는 주변을 둘러봤다.

한참을 둘러보고 있는데 어디선가 향냄새가 났다.

한빈은 천천히 그곳으로 발길을 옮겼다.

그 중간에서 천산혈랑의 사체 하나를 더 찾아냈다.

가만히 보니 큰 천산혈랑이 밟아 죽였던 놈이다.

한빈이 발톱을 모두 빼낸 그 천산혈랑 말이다.

놈의 배가 보기 좋게 갈려 있는 것을 보니 놈의 내단은 누
군가 빼내 간 것 같았다.

사체를 확인한 한빈은 천천히 진한 향이 풍기는 곳으로 향
했다.

향이 풍기는 곳을 따라 언덕을 올라가니, 한빈이 숨어 있
던 동굴 앞이 나왔다.

그곳에서는 셋이서 동굴 앞을 향해 절을 하고 있었다.

뒷모습을 보니 그중 하나는 악비광이 분명했다.

"형님, 부디 다음 생에는 편안하게 사시길. 욕심도 좀 버리
시고요."

악비광이 바위 위에 놓은 향 주변으로 술잔을 돌린다.

그 모습에 한빈은 기가 찼다.

자세히 보니 사라졌던 마원도 다시 나타나 있었다.

마원도 잔을 돌리더니 한숨을 내쉬었다.

"형제여, 부디 극락왕생하시길!"

그 옆에 있던 백호는 향 주변을 뱅글뱅글 돌았다.

술잔을 돌리지 못하니 몸으로 향 주변을 도는 것이 분명했다.

한빈은 조용히 그곳으로 걸어갔다.

'반박귀진.'

기척까지 완벽하게 죽인 한빈은 남은 술잔을 잡았다.

그러고는 조용히 천천히 타들어 가는 향 위에 술잔을 돌렸다.

그 동작이 얼마나 자연스러운지 악비광은 새로 누군가 나타났다고는 생각지도 못하는 것 같았다.

술잔을 돌린 한빈이 나지막이 외쳤다.

"다음 생에는 절대 욕심내지 않겠습니다! 그러니 없어진 내단을 찾게 해 주십시오!"

그 말에 악비광이 말했다.

"내단은 내가 가지고 있겠다고…….."

고개를 돌려 상대를 확인한 악비광은 말을 맺지 못했다.

"혀, 형님?"

"그래, 나다. 욕심이 많아서 미안하다!"

"호, 혹시 다 들으신 겁니까?"

"다 들었다. 한 번 죽었으니 다시 죽을 일은 없겠구나."

"진짜 형님 맞습니까?"

"설마 귀신이겠냐?"

"저는 그것도 모르고……."

악비광이 펄쩍 뛰더니 한빈의 품에 안겼다.

말이 안긴 거지, 한빈은 악비광의 덩치에 완벽하게 가려졌다.

마치 암탉의 품 안에 있는 달걀처럼 한빈의 몸은 보이지 않았다.

그때 한빈의 발아래에 있던 백호가 머리를 비볐다.

"너도 무사했구나, 백구."

쿵.

백호가 작게 소리를 내자 뒤를 이어 마원의 목소리가 들려왔다.

"팽 공자, 다행입니다."

그의 목소리는 마치 시골의 훈장같이 온화하기만 했다.

어쩐 일인지 마기는 조금도 남아 있지 않았다.

그뿐이 아니라 투쟁심이 하나도 엿보이지 않았다.

깨달음이라도 있었던 것일까?

그 뒤로 정신없이 대화가 이어졌다.

처음에는 한빈이 놈들의 협공에서 어떻게 살아남았느냐로 시작되었다.

이야기를 거의 끝낸 한빈은 씩 웃으며 악비광을 바라봤다.

"우리 아우가 뭔가 잊은 것 같은데?"

"제가요?"

"내놔!"

한빈이 손을 내밀자 악비광이 깜짝 놀라며 뒤로 물러났다.

"무슨 말씀입니까? 형님."

"이곳으로 오다 보니 천산혈랑의 배가 보기 좋게 갈라져 있더군."

"제가 그랬다는 말입니까?"

"당연하지. 누가 봐도 잘린 가죽을 보면 산동악가의 초식이야. 악가비검의 세 번째 초식인 일도참마!"

"헉!"

악비광이 비명을 토해 냈다.

한빈이 바로 악가의 검법을 알아봤기 때문이다.

악비광이 이렇게 놀라는 이유는 악가의 검법을 알아보는 자는 그리 많지 않기 때문이었다.

산동악가는 검보다는 창을 주로 쓰는 가문이었다.

덕분에 악가의 검법은 잘 알려져 있지 않았다.

그런데 한빈이 단번에 알아보니 황당할 따름이었다.

그때 한빈이 다시 손을 내밀었다.

"내놔!"

"아……!"

악비광이 죽을상을 하면서 주머니 하나를 내밀었다.

주머니를 받은 한빈은 재빨리 내용물을 확인했다.

내용물을 확인한 한빈은 다시 손을 내밀었다.

"하나 더!"

"앗!"

악비광은 비명을 질렀다.

그것도 잠시 악비광은 울듯한 표정으로 다시 주머니 하나를 건넸다.

한빈의 손에 들린 두 개의 주머니.

두 개의 주머니를 확인한 한빈은 진지한 표정으로 악비광을 바라봤다.

"자, 확인했으니 하나는 네 것이다."

"네?"

"계약서에 하나는 네 것이라고 되어 있지 않았더냐?"

"그런데 왜 **빼앗아** 가신 겁니까?"

"네가 꿀꺽하는 것과 내가 직접 주는 것은 다르니까."

"아!"

악비광은 입을 떡 벌렸다.

한빈이 계약서대로 내단을 줄 줄은 몰랐던 것이다.

사실 한빈이 달라고 안 해도 악비광은 내단 두 개를 모두 한빈에게 전할 생각이었다.

그 이유는 간단했다.

악비광은 자신이 생각하기에 내단을 받을 자격이 없다고

판단했다.

이곳에 있는 누구도 내단을 받을 자격은 없었다.

천산혈랑을 때려눕힌 것은 한빈 혼자이니 말이다.

악비광은 주머니를 든 채 어색하게 웃었다.

"정말 받아도 되는 겁니까?"

"받아도 돼! 훌륭한 미끼 역할을 했잖아."

"솔직히……."

악비광이 고개를 축 늘어뜨리려고 하자 한빈이 말을 이었
다.

"만약 제때 천산혈랑의 내단을 회수하지 않았다면 그대로
사라졌을 수도 있어. 그러니 내단을 재빨리 수거한 아우의
공도 작지는 않아."

"그럼 감사히 받겠습니다."

악비광이 한빈을 향해 넙죽 고개를 숙였다.

잠시 웃음이 지나간 후.

한빈은 마원을 바라봤다.

갑자기 자신을 향한 한빈의 시선에, 마원이 어색하게 웃었
다.

한빈은 남은 주머니 하나를 마원에게 건넸다.

"이건 마 형이 받으시죠."

"왜 제게 주신다는……."

"이건 소군에게 필요한 약제가 아닙니까?"

"직접 건네주십시오."

"아닙니다. 이것 때문에 목숨을 걸고 강호에 나왔으니 일단 넣어 두십시오."

이것은 한빈의 진심이었다.

한빈은 소군을 온전한 몸으로 마교에 돌려보내는 것이, 앞으로 일어날 정마대전을 막는 길이라고 생각했다.

소군이 마교로 돌아간다면 마교의 수뇌부는 완전히 바뀌게 된다.

한빈은 마원을 바라봤다.

마원은 미안한 표정으로 턱을 어루만졌다.

"흠."

"조금 빨리 움직이면 내일쯤 소군을 볼 수 있을 겁니다."

한빈이 그에게 주머니를 억지로 건넸다.

"그럼 제가 넣어 두겠습니다."

마원은 한빈을 향해서 깊이 고개 숙였다.

한빈은 사람 좋은 얼굴로 웃었다.

이제 두 개의 온전한 내단은 한빈의 손을 떠났다.

사실 한빈에게는 더는 천산혈랑의 내단이 필요치 않았다.

마물의 내단은 음기가 강해서 사용하는 데는 한계가 있었다.

극양의 영초와 함께 사용하든지 아니면 절맥 같은 특수 질

환에 사용하는 것이 맞았다.

물론 천산혈랑의 내단은 부르는 것이 값이었다.

한빈은 흑진주처럼 변한 세 개의 내단을 가지고 있었다.

이것을 어떻게 쓸지는 나중에 정하기로 했다.

세 개의 내단 중 큰 천산혈랑에서 나온 한 개는 한빈도 복용하면 위험할 정도의 묘한 기운을 띠고 있었다.

그것도 잠시, 한빈이 물었다.

"대체 어떻게 된 일입니까?"

이것은 마원이 중간에 사라진 이유와 어떻게 악비광과 만났는지를 물어보는 것이었다.

마원이 어색하게 웃으며 말했다.

"그러니까……."

마원은 자신이 겪은 일을 쉴 틈 없이 설명했다.

묵직한 분위기와는 달리, 입을 열자 쉬지 않고 설명이 쏟아졌다.

마원의 설명은 제법 길었다.

천산혈랑의 무리에 몰이사냥을 당했다는 것이 핵심이었다.

그때 발견한 것이 지금 눈앞에 있는 동굴이고 말이다.

여기까지 듣던 한빈이 고개를 갸웃했다.

"그럼 그 후에는 어디 계셨던 겁니까?"

"뒤쪽에 있었습니다."

"뒤쪽에요?"

"반대편에 이곳과 비슷한 공간이 있었습니다. 놈들의 눈을 피해 그쪽으로 몸을 피했습니다."

"흠."

한빈이 턱을 매만지고 있을 때였다.

백호가 낮은 울음소리를 냈다.

크릉.

녀석이 고개를 흔들며 따라오라는 시늉을 했다.

백호의 모습에 한빈은 자리에서 일어났다.

일행은 백호를 따라 뒤쪽으로 돌아갔다.

뒤로 돌아가 보니 마원이 말한 다른 장소가 나왔다.

묘한 것은 이곳에 유황 냄새가 진동하고 있다는 점이었다.

한빈은 마원이 왜 이곳에 숨었는지를 알 것 같았다.

약품으로 체취를 모두 지웠다고 해도 천산혈랑의 후각을 피할 수는 없는 법이었다.

그래서 유황 냄새가 가득한 곳으로 온 것이다.

그곳도 마찬가지로 발광이끼가 벽을 덮고 있었다.

마치 반대편의 동굴과 쌍둥이였다.

그때 마원이 말을 이었다.

"저는 이곳으로 몸을 피한 후 잠시 정신을 잃었습니다. 그다음 눈을 떠 보니 악 소협이 도착해 있더군요."

마원이 악비광을 가리키자 한빈은 물었다.

"그래, 마 형은 그렇다 치고. 너는 대체 어떻게 된 거지?"

"죄송합니다, 형님."

"뭐가 죄송한데?"

"놈들에게 쫓기다 보니 저희도 우연히 여기로 들어오게 되었습니다. 제가 먼저 여기에 도착했고 그다음이 백구였습니다."

악비광이 백호를 가리켰다.

백호가 고개를 갸웃하며 소리를 냈다.

쿵.

그렇다는 말 같았다.

한빈은 그나마 다행이라고 생각했다.

대충 상황을 보니 백호나 악비광이나 놈들을 대적하기는 조금 힘들었을 것 같았다.

"다행이다."

"네?"

악비광은 눈을 크게 떴다.

도망쳤다고 하면 화를 낼 줄 알았는데 다행이라고 하니 더 무서워진 것이다.

그 모습에 한빈이 말했다.

"아마 네가 도왔다고 해도 짐만 됐을 것이야."

"짐이요……."

악비광이 말끝을 흐리며 백호를 바라봤다.

백호도 고개를 끄덕인다.

백호는 지금 그들의 전력을 모두 알고 있다는 듯 당당하게 의사를 표시했다.

악비광은 이번에 느낀 점이 많았다.

천산혈랑을 잡겠다고 호언장담했던 자신이 이제는 초라하게 느껴졌다.

무인은 입이 아닌 무공으로 말해야 하는 법이었다.

그런데 입만 살아 있는 무인이 되어 버렸다.

그 모습에 한빈이 다시 말을 이었다.

"그리 낙담할 필요는 없다. 후기지수 중 이름을 날린다는 사룡오화가 온다고 해도 천산혈랑은 못 잡았을 거야."

"흠, 그렇다면……."

악비광이 다시 미소를 띠었다.

한빈이 말한 사룡오화는 후기지수 중 가장 강하다고 하는 무림의 고수들이었다.

그들은 모두가 스무 살도 안 된 젊은 고수들.

아마도 해가 지나면 악비광도 자연스레 사룡에 들어갈 것이었다.

하지만 아직은 아니었다.

한빈의 옆에서 볼 꼴 못 볼 꼴 다 보며 무공을 성장시켰다고 자부하지만, 다른 후기지수들이 강호에서 쌓아 올린 업적에 비하면 초라하기 그지없었다.

물론 자신이 형님으로 모시는 한빈은 사룡오화를 넘어선 지 오래되었다.

사룡에 들어가기 전에 진룡이라는 칭호로 강호에 이름을 날리고 있으니 말이다.

현 강호는 진룡이란 이름은 후기지수의 범위에 넣고 있지 않다.

후기지수라는 그릇에 담기에는 진룡이란 이름의 크기가 너무 큰 것이다.

진룡과 비교하다 보니 초라한 것이지, 지금 악비광의 무공은 사룡에 뒤지지 않았다.

그러니 한빈이 현재 가장 강한 후기지수 중 한 무리인 사룡오화를 이야기하자 악비광의 표정이 살아난 것이다.

악비광의 표정은 마치 강남의 사계절처럼 시시각각 바뀌었다.

그 모습에 한빈이 다시 말을 이었다.

"나도 이번만큼은 살점을 꽤 내주었지."

희미하게 미소 지은 한빈이 상의를 풀었다.

순간 악비광은 눈을 크게 떴다.

"형님!"

악비광의 눈이 촉촉해졌다.

옆에서 보고 있던 마원도 놀라 한빈을 바라봤다.

그 이유는 간단했다.

한빈의 몸은 그야말로 처참했다.

여기저기 상처가 아물지 않은 데다가 갈비뼈가 지탱하고 있어야 할 곳은 허물어져 있었다.

저런 상태로 서 있다는 게 신기할 따름이었다.

한빈이 아픔을 느끼지 않는 것은 아니었다.

고통을 느끼고 있지만, 시간이 지나기만을 기다리고 있었다.

본래라면 복의 구결로 회복했어야 정상이었다.

하지만 천산혈랑의 마지막 동귀어진 수법으로 회복의 구결을 하나도 남기지 않고 다 썼다.

회복의 구결이 신기한 것은 치명상부터 치료한다는 것이었다.

당시 치명상은 대부분 치료했고 나머지 자잘한 상처만이 남아 있는 상태였다.

갈비뼈가 부러졌지만, 이마저도 치명상의 범주에는 들어가지 않았다.

덕분에 한빈의 몸에는 깊은 상처가 남아 있었다.

한빈은 몸을 씻고 천잠의는 접어서 품속에 넣은 상태.

덕분에 상처는 그대로 다 드러나 있었다.

더 놀라운 것은 한빈은 두 번의 환골탈태를 이루어 냈다는 점이다.

환골탈태 후 전에 새겨진 흉터는 모두 제거됐다.

지금의 상처는 이번 전투 때문에 생긴 흔적들이었다.

한빈은 이 흔적들이 나름 자랑스러웠다.

이 상처 하나하나가 경험이었다.

그 경험은 자신을 더욱 강하게 만들어 주는 토대였다.

그 토대가 있기에 용린검법도 빛을 발할 수 있는 것이라고 확신했다.

한빈이 옅은 미소를 보이자 악비광이 한숨을 내쉬었다.

"형님이 백구보다 더 호랑이 같습니다."

"내가 호랑이라고?"

"백구는 무늬가 없어서 호랑이 같지가 않습니다. 그런데 형님은 이렇게 호랑이 무늬를 온몸에 새기셨으니……."

악비광은 웃지도 울지도 못하는 표정으로 한빈의 상처를 가리켰다.

한빈은 자신도 모르게 피식 웃었다.

생각해 보니 전생만큼 상처가 생긴 것 같았다.

어찌 보면 전생에 한 전투 경험을 단 몇 년 만에 모두 치른 느낌이었다.

사실 악비광의 말도 틀린 것은 아니었다.

기사회생은 상처의 구 할을 회복하는 효력.

즉, 일 할은 몸에 남는다는 것이었다.

그러니 당연하게도 몸에는 상처가 남을 수밖에 없었다.

이번만 하더라도 조금만 힘이 부족했다면 한빈도 독물에

녹아 버렸을 것이었다.

한빈이 웃자 나머지 사람들도 어색하게 웃었다.

그때 악비광이 의심 가득한 눈빛으로 말했다.

"형님, 생각해 보니 이상한 게 있습니다."

"뭐가 이상한데?"

"몸에는 이렇게 상처가 많은데 항상 얼굴은 멀쩡하지 않았습니까?"

"그건 그렇지."

한빈은 팔짱을 끼고 고개를 끄덕였다.

악비광의 말대로 묘하게 얼굴 쪽에는 흉터가 남지 않았었다.

아무리 험한 전투를 겪은 후에도 얼굴만큼은 멀쩡했다.

얼굴에 입을 상처까지도 모두 몸으로 옮겨 간 것 같았다.

어찌 보면 운이 좋았던 것 같았다.

한빈은 잠시 전생의 기억을 더듬어 보았다. 정확히 말하면 전생에는 몸뿐 아니라 얼굴에도 빼곡하게 흉터를 새기고 전쟁터를 누볐었다.

하지만 현생에는 조금의 상처도 얼굴에 생기지 않았다.

어차피 몸의 상처야 무복으로 가릴 수 있었다.

덕분에 옷만 갈아입으면 서생으로 오해를 받기 쉬웠다.

새로운 삶을 살라는 하늘의 뜻이라도 되는 걸까?

한빈은 눈을 가늘게 뜨고 악비광을 바라봤다.

생각해 보니 악비광의 표정이 이상했다.

걱정이 가득해 보이는 게, 한숨까지 쉬고 있었다.

거기에 방금 한 말을 들어 보면?

한빈이 다시 물었다.

"하고 싶은 말이 뭐지?"

"이번에는 흉터가 남았습니다."

악비광이 한빈의 얼굴을 가리켰다.

그의 말에 한빈은 고개를 갸웃하며 얼굴을 만져 봤다.

손끝에서 느껴지는 흉터 따위는 없었다.

그때 악비광이 말을 이었다.

"흉터가 아니라……. 이상한 자국이 얼굴에 남았습니다."

"자국이라고?"

한빈은 그제야 이전의 일을 떠올렸다.

이번 폭발로 인해서 얼굴에 검댕이 묻었었다.

한빈은 주위를 둘러보다가 한 곳을 바라봤다.

물이 고여 있는 곳이었다.

한빈은 물에 얼굴을 비추어 보았다.

순간 한빈은 눈을 가늘게 떴다.

용린의 기운과 마물의 기운이 폭발하면서 남긴 끈적끈적한 검은 자국이었다.

흉터는 아니지만, 검은색 반점이 얼굴 여기저기에 새겨져 있었다.

지웠다고 생각했는데 아직도 남아 있는 것으로 봐서는 피부 깊숙이 박힌 것이 분명했다.

아마도 기사회생과 회복의 구결로 치료하는 데는 한계가 있었던 것이 분명했다.

한빈은 얼굴을 만지며 웃었다.

바둑이 같은 느낌에 조금은 황당하기도 했지만, 얼굴로 싸우는 것도 아니지 않은가.

치료할 수 없는 것은 아니었다.

기사회생을 여러 번 쓰다 보면 얼굴에 새겨진 기운도 희미해질 테니까.

구 할을 회복하면 일 할만 남을 것이고 다시 구 할을 회복하면 그중 일 할만 남을 것이다.

그게 반복되면 이 정도 얼룩을 지우는 것은 일도 아니었다.

한빈은 어깨를 으쓱하며 악비광을 바라봤다.

"네 얼굴도 똑같이 만들어 줄까?"

"사양합니다."

악비광이 뒷걸음치자 한빈이 오른손을 말아 쥐고는 미소 지었다.

그 미소에 악비광은 울상이 되었다.

그때였다.

갑자기 백호가 한빈의 발목에 머리를 비볐다.

끄릉.

"왜 그래, 백구야?"

끙.

녀석이 한빈의 바짓가랑이를 물었다.

따라오라는 신호 같았다.

한빈은 녀석이 이끄는 곳으로 따라갔다.

백호는 넝쿨이 가득한 벽 앞에서 멈추었다.

그곳은 발광이끼도 없어서 어두침침했다.

백호는 넝쿨 앞에 서서 머리로 벽을 가리켰다.

"뭐지?"

한빈이 고개를 갸웃하고 있을 때, 백호가 넝쿨 사이로 들어갔다.

휙!

한빈은 눈을 가늘게 떴다.

그냥 벽으로 알았는데, 아무래도 건너편에 숨겨진 공간이 있는 듯 보였다.

한빈도 재빨리 넝쿨이 드리워진 벽 쪽으로 걸어갔다.

그때 넝쿨 사이로 뜨거운 기운이 흘러나왔다.

넝쿨에서 한 발 물러선 한빈은 조심스럽게 넝쿨을 살폈다.

안에 공간이 있는 것이 분명했다.

한빈은 넝쿨을 걷고 안쪽을 확인했다.

안쪽을 확인한 한빈은 눈매를 가늘게 떴다.

"이것 참!"

예상대로 넝쿨 너머에 또 다른 공간이 있었다.

한빈은 백호를 따라 안쪽으로 들어갔다.

앞쪽에는 바위가 움푹 들어가 구덩이를 만들고 있었고, 그 안에는 물이 채워져 있었다.

물이 흘러나오는 곳을 따라 시선을 돌려 보았다.

물은 벽면의 틈에서 졸졸 흘러나오고 있었다.

킁킁.

한빈은 코를 실룩였다.

어디선가 많이 맡아 본 냄새다.

저건 분명 유황이 섞인 물이었다.

생각해 보니 이것은 자연이 만들어 낸 온천이었다.

우연히 발견한 틈 사이에 커다란 동공이 있는 것도 모자라 온천 욕탕이라니.

한빈은 주위를 둘러봤다.

다른 쪽 벽에서는 식수가 흐른다.

이쯤 되면 누군가 만들어 놓은 것은 아닌지 하는 생각이 들었다.

주변을 살핀 한빈은 한숨을 내쉬었다.

"휴."

다행히 사람의 흔적은 없었다.

그때 뒤쪽에서 따라온 악비광과 마원이 입을 벌렸다.

자연적으로 생성된 온천을 보고 놀란 것 같았다.

잠시 온천을 바라보던 악비광이 환호성을 질렀다.

"와우! 일단 제가 먼저 들어가서 확인해 보겠습니다."

말을 마친 악비광은 윗옷을 던지고 온천으로 달려들었다.

순간 한빈이 악비광의 어깨를 잡았다.

앞으로 나가려던 악비광은 어깨가 잡히자 졸지에 허공에 붕 떴다.

허공에 몸이 뜨자 악비광은 아예 몸을 돌렸다.

한빈의 힘에 맞서기보다는 그 힘을 이용한 것이다.

한빈의 힘을 따라 한 바퀴 돈 악비광은 바닥에 착지해서 불만 섞인 목소리를 토해 냈다.

"형님!"

"왜 그렇게 급해?"

"몸이 근질거리는데 어떻게 합니까?"

"못 참겠어? 그럼 먼저 들어가."

"자, 잠시만요. 뭔가 있는 거죠?"

악비광이 눈을 가늘게 뜨자 한빈이 백호를 가리켰다.

"저기 봐 봐, 백구가 막고 있잖아."

"앗, 그러네요."

"이곳으로 우리를 인도한 것도 저 녀석이야. 그런데 저렇게 막고 있다는 건 이유가 있지 않을까?"

크렁.

백호가 고개를 끄덕였다.

그 모습은 마치 개선장군처럼 씩씩했다.

백구는 뭐라고 하며 온천 안쪽을 가리켰다.

한빈은 재빨리 의의 구결을 사용했다.

순간 백호의 설명이 머릿속으로 들어왔다.

백호의 설명을 이해한 한빈은 눈을 크게 떴다.

한빈은 조용히 악비광이 벗어 놓은 상의를 집었다.

갑작스러운 한빈의 모습에 악비광이 물었다.

"왜 그러십니까?"

"일단 잘 봐 둬."

한빈은 유황 온천의 안쪽에 옷을 던졌다.

순간 악비광이 외쳤다.

"왜 제 옷을 안에……!"

악비광은 말을 잇지 못했다.

자신의 옷이 사라졌기 때문이다.

그때 한빈이 바닥에 떨어진 나뭇가지를 집어 안에 던졌다.

스르륵.

나뭇가지도 순식간에 연기를 내며 사라졌다.

악비광이 눈을 크게 뜨며 물었다.

"대체 이건 뭡니까?"

"유황!"

"그건 저도 압니다. 그런데 어떻게 순식간에 옷과 나뭇가지가 녹아내리는 거죠?"

"아마도 농도의 문제겠지."

"그 정도라면 숨도 못 쉬어야 하는 거 아닌가요?"

"동굴 안쪽의 이끼들이 유황을 정화하고 있어. 하지만 온천 안쪽까지는 영향을 못 미치는 거지."

"자, 잠시만요. 그건 어떻게 아신 겁니까? 형님."

"다 경험이 쌓이면 알게 되는 법이지."

"음."

악비광은 침음을 삼켰다.

만약 한빈이 말리지 않았다면 자신이 저 꼴이 되었을 것이다.

이쯤 되자 악비광은 확신했다.

한빈은 위험을 내다본다는 점이었다.

앞을 내다보고 그 위험을 제거하는 것은 강호에서 그 누구도 한빈을 따라갈 수 없었다.

그것보다 위험이 한빈의 곁에 따라붙는다는 점이 중요하다.

천산혈랑을 만나 죽을 뻔한 것이 조금 전인데 지금은 사람의 뼈를 순식간에 녹일 수 있는 유황 온천을 마주 보고 있다.

이런 일이 계속된다니, 아무리 생각해도 불가능한 일이었다.

한빈과 유황 온천을 바라보던 악비광은 뭔가 허전함을 깨달았다.

"그러고 보니······. 형님."

"왜 그래?"

"제 옷은 왜 던지신 겁니까?"

"그래야 뼛속 깊이 새길 거 아니야."

"아무리 그래도······."

"일단 벗고 있어."

"날씨도 추운데 저는 어떻게 합니까?"

"잠깐만 기다려. 우리는 지금 기연을 앞에 두고 있으니까."

"기연이라니요?"

"이 연못에 담긴 유황은 그 어떤 상처도 치료하는 약이야."

"그걸 어떻게 아십니까? 경험입니까?"

악비광은 눈을 가늘게 뜨고 한빈의 몸을 구석구석 살폈다.

이런 연못이 있었으면 한빈의 몸에 이렇게 많은 상처가 있
을 리 없었기 때문이다.

그 모습에 한빈이 웃었다.

"내 말 못 믿어?"

"아니, 못 믿는다는 건 아닌데······."

"이건 모두 이번 싸움에서 입은 상처야."

"그럼 전에 유황 속에 들어가 보셨다는 말입니까?"

"뭐, 그건 아니지."

"그럼 어떻게 압니까?"

"백구가 말해 줬으니까!"

한빈이 백호를 바라보자 악비광이 코웃음 쳤다.

"에이, 백구가 어떻게 그런 걸 압니까?"

크렁.

백구가 눈을 가늘게 뜨고 악비광을 노려봤다.

그 모습에 한빈이 말을 이었다.

"백구는 우리 말을 알아듣잖아. 그건 알지?"

"네, 영물이잖습니까."

"여기서 문제 하나 내지."

"무슨 문제입니까?"

"영물인 백구는 사람 말을 알아들어. 그런데 왜 사람은 백구의 말을 못 알아들을까?"

"그건……."

악비광은 할 말이 없었다.

영물이 사람의 말을 알아듣는 것은 너무 당연했다.

그런데 왜 사람은 영물의 말을 알아듣지 못할까?

이 점에 대해서는 이제까지 생각해 본 적이 없었다.

그때 한빈이 말을 이었다.

"그건 영물이 더 똑똑하기 때문이지."

"조금 자존심이 상하지만, 맞는 말 같군요."

"그런데 영물보다 똑똑한 사람이 있다고 가정해 보자고. 그럼 어떨까?"

"그야 말을……."

악비광이 한빈을 보며 입을 딱 벌렸다.

그에 한빈이 웃었다.

"자랑하는 건 아니고 그렇다는 얘기지."

"자랑하는 거 맞잖습니까?"

"지금 그게 중요한 건 아니야. 이 유황을 어떻게 이용하느냐가 중요하지."

"잠시만요."

악비광은 허리 쪽에서 호리병 하나를 꺼냈다.

그러더니 뚜껑을 열고 술을 벌컥 들이켰다.

악비광은 조용히 호리병을 연못에 갖다 댔다.

순간 악비광이 비명을 질렀다.

"악!"

놀란 듯 다시 한빈에게 달려온 악비광은 자신의 손을 보여 줬다.

악비광의 손은 벌겋게 변해 있었다.

그것도 잠시, 손이 아물기 시작했다.

연기만으로도 피부가 상한 것이다.

하지만 그 상처가 눈 깜짝할 사이에 아물었다는 점이 이상했다.

한빈은 팔짱을 끼고 생각에 잠겼다.

그러고는 양팔을 벌렸다.

이곳의 기운을 조금 더 상세히 느끼기 위해서였다.

순간 한빈은 온몸으로 스며드는 청아한 기운을 느꼈다.

아마도 그 기운이 몸을 회복시켜 주는 것 같았다.

이것이 백호가 말한 기운이었다.

모든 것을 녹이는 유황 속에 섞여 있는 기운!

한빈은 조용히 악비광을 바라봤다.

"가부좌를 틀고 기운에 집중해 봐."

고개를 돌린 한빈은 마원을 향해 눈짓했다.

알아서 선택하라는 신호였다.

백호가 이곳으로 한빈을 데려온 것은 아마도 몸에 난 상처를 봤기 때문일 터.

한빈은 백호를 바라봤다.

백호는 애처로운 눈빛으로 한빈의 상처를 바라보고 있었다.

만난 지 얼마 안 됐지만, 눈빛을 보면 오래된 가족 같은 분위기였다.

아마도 백호가 말하려는 것이 바로 이것인 것 같았다.

유황 안에는 두 개의 강렬한 기운이 깃들어 있었다.

하나는 모든 것을 치유하는 기운, 또 다른 하나는 모든 것을 녹일 수 있는 기운이었다.

모든 것을 녹이는 기운은 지금 이 순간에도 이끼가 정화하고 있음이 분명했다.

이곳에서 운기를 한다면 혈맥 자체가 정화되는 효과를 얻을 수 있을 터.

이곳에서 시간을 보내면 한빈의 얼굴에 새겨진 얼룩도 지워질 것이다.

악비광과 마원은 눈을 감고 가부좌를 틀었다.

들숨과 날숨에 따라서 미세하게 기운이 조화를 맞춘다.

들숨에 치유의 기운이 그들의 코로 들어갔다.

날숨에 탁기가 몸 밖으로 흩어져 이내 허공에 떠도는 강한 유황의 기운에 녹아내린다.

이것은 자연의 조화.

한빈은 이 장소의 신기함에 눈을 크게 떴다.

그것도 잠시, 한빈도 가부좌를 틀었다.

한빈은 운기를 하기 전에 일단 용린검법부터 살폈다.

구결이 얼마나 회복되었는가를 확인하기 위해서였다.

심화편의 기본 구결은 조금 전의 격돌로 인해 남아 있지 않은 상태.

용린검법을 살피던 한빈은 입을 벌렸다.

한빈은 다음 단계로 나간다는 예전의 문구가 무엇을 뜻하는지를 알 것 같았다.

한빈이 이렇게 추측하는 이유는 간단했다.

자신도 모르는 사이에 용린검법에 변화가 생겼기 때문이다.

그 변화는 초식을 구성하는 구결을 모아 놓은 곳에 생겼다.

[소모성 구결 : 수(水), 금(金), 토(土), 화(火), 목(木)]

알 수 없는 구결이란 곳에 소모성 구결이 나타난 것이다.

이전에 확인했던 알 수 없는 구결은 모두 수, 금, 토, 화, 목이라는 구체적인 글자로 변해 있었다.

그렇다면?

한빈은 소모성 구결에 대해서 추리를 하기 시작했다.

소모성이라는 뜻은 글자 그대로 한 번 쓰고 나면 없어지는 구결이란 뜻이다.

한빈은 조용히 알 수 없는 구결을 획득했던 경로를 따져 보았다.

알 수 없는 구결을 획득한 경로를 대충 살펴보면 천급 구결을 획득하는 과정만큼 험난했다.

그만큼 강자들과의 격돌 속에서 구결을 얻었다는 뜻이다.

즉 천급 구결에 버금가는 효용을 지니고 있다는 말.

천급 초식을 구성하는 천급 구결과 비슷하다면?

아마도 천급 초식보다도 더 강력한 효력을 지닐 것이 분명하다.

천급 초식은 영구적으로 쓸 수 있지만, 이 구결은 일 회성이니까.

"흠."

한빈은 턱을 어루만지며 구결을 살폈다.

그냥 구결만 있을 뿐이지 별다른 설명은 나와 있지 않았다.

역시나 용린검법은 가끔 불친절할 때가 있었다.

옆에 있는 백호는 생각에 잠긴 한빈을 보며 고개를 갸웃했다.

그것도 잠시, 자신이 도와주겠다는 듯 다시 머리를 비볐다.

부드러운 감촉에 한빈은 상념에서 깨어났다.

백호를 보니 눈을 올망졸망 빛내고 있었다.

한빈이 피식 웃으며 물었다.

"도와주려고?"

쿵.

백호가 낮게 울음을 토해 냈다.

한빈은 그런 백호의 머리를 쓰다듬었다.

"이건 내가 혼자 해결해야 할 문제다, 백구야."

끄렁.

백호가 서운하다는 듯 고개를 흔들었다.

그 모습에 한빈이 말했다.

"조금만 기다려. 여기서 나가면 맛있는 육포를 산더미만큼 줄게."

끙.

녀석이 고개를 갸우뚱했다.

표정을 보니 육포가 뭔지를 모르는 것 같았다.

하긴 아무리 영물이라도 사람들이 쓰는 말을 모두 알 수는 없었다.

마치 한빈이 용린검법이 전하려는 말을 모르는 것처럼 말이다.

한빈은 눈을 크게 떴다.

생각 하나가 머리를 스쳐 지나갔다.

바로 백호가 사람 말을 알아듣는 원리였다.

진짜로 사람의 말을 알아들을까?

아마도 그것은 아닐 가능성이 컸다.

백호가 사람 말을 제법 알아듣는 것처럼 보이는 이유는, 사람의 감정을 눈치로 때려 맞히기 때문일 가능성이 컸다.

그에 반해 한빈은 백호의 말을 용린검법의 구결로 알아듣고 있었다.

그렇다면?

한빈은 일단 하나 남은 의(義)의 구결을 사용했다.

백호의 말을 알아듣기 위해서가 아니었다.

바로 용린검법의 뜻을 알아듣기 위해서였다.

검선의 묘에서 본 내용으로 추리하자면 용린검법은 검선의 의지로 만들어진 비급이었다.

그렇다면 그 안에 검선의 마음이 남아 있지 않을까?

그 마음을 읽게 되면 소모성 구결에 대한 사용 방법도 알아낼 수 있을 터였다.

한빈은 조용히 용린검법에 집중했다.

순간 묘한 목소리가 들려왔다.

[오행(五行)은 몸에 깃들고 의(意)는 사물에 깃든다.]

그 순간 남아 있던 한 개의 구결이 사라졌다.

이것은 용린검법에 깃든 검선의 의지가 전하고 싶은 말일 터.

한빈은 이 말에 숨은 뜻을 찾아내야 했다.

잠시 고민하던 한빈은 일단 오행이라는 말을 곱씹어 보았다.

소모성 구결에 나와 있는 것은 모두 오행을 나타내는 글자였다.

그 글자를 사용하면 그 위력이 몸에 깃든다는 말이었다.

그렇다면 누구의 몸일까?

한빈은 다시 용린검법의 구결을 찬찬히 살폈다.

수, 금, 토, 화, 목 등의 다섯 글자가 변함없이 나와 있었다.

만약 자신의 몸에 깃든다는 뜻이라면?

한빈은 조용히 수의 구결을 떠올렸다.

그때였다.

한빈의 눈앞에 문구 하나가 나타났다.

[소모성 구결 수(水)를 사용하셨습니다. 지속 시간은 일각(一刻)입니다.]

뭐지?

고개를 갸웃하던 한빈은 자신의 손을 바라봤다.

신체의 변화는 없었다.

하지만 몸이 상상도 할 수 없을 만큼 가벼워졌다.

한빈은 천천히 유황 연못으로 다가갔다.

지금이라면 연못을 가득 채운 유황의 기운에 영향을 받지 않을 것 같아서였다.

유황의 영향을 받지 않는다면 모든 치유의 기운을 몸속에 녹일 수 있을 것이다.

한빈은 한 가지 가정을 세웠다.

현재 자신은 오행 중 수의 기운을 받아들인 상태였다.

그리고 오행에는 서로의 상극이 존재한다.

예를 들어서 수의 상극은 토의 기운이다.

마치 흙이 물을 빨아들이는 원리와도 같다.

하지만 수의 기운은 화를 제어할 수 있다.

여기서 화는 모든 것을 태우고 녹이는 기운.

이것은 유황 속에 섞여 있는 해로운 기운과 무척 닮아 있었다.

이 말은 유황 속의 해로운 기운이 더는 자신에게 영향을 끼치지 않는다는 뜻이었다.

물론 이것은 가정이었다.

한빈은 자신의 생각을 시험해 보기로 했다.

백호를 힐끔 보니 백호는 놀란 듯 눈을 크게 뜨고 있었다.

영물인 백호는 한빈의 변화를 느끼는 것만 같았다.

한빈은 조용히 유황으로 가득 찬 물에 손을 넣어 봤다.

쓱!

한빈은 조용히 입꼬리를 올렸다.

역시 예상대로였다.

"아무렇지도 않네."

크렁.

백구가 마치 자기 일처럼 기뻐하며 꼬리를 살랑살랑 흔들었다.

그때, 한 가지 생각이 들었다.

이 기운을 나눠 줄 수 있을까?

분명히 오행은 몸에 깃든다고 했었다.

그 몸이라는 것이 자신의 몸이 아닌 타인의 몸이 될 수도 있는 법이었다.

오행의 기운이 무한하지는 않겠지만, 만약에 여기서 나눠 줄 수 있다면?

백호의 상처도 완벽하게 치유할 수 있을지 몰랐다.

한빈은 백호를 향해 손짓했다.

백호가 꼬리를 살랑거리며 한빈의 옆으로 다가왔다.

한빈은 다가온 백호의 머리를 쓰다듬었다.

기운을 넘긴다는 생각으로 접촉하자 백호가 흔들던 꼬리

를 멈췄다.

녀석도 놀란 것 같았다.

한빈은 조용히 옷을 벗었다.

연못으로 들어가기 위해서였다.

한빈이 들어가자 백호도 조심스럽게 앞발을 연못에 담갔다.

그러더니 녀석도 바로 연못으로 뛰어들었다.

한빈이 들어간 자리에는 둥그렇게 원이 생겼다.

한빈과 백호가 있는 자리에만 김이 피어나지 않기에 원 모
양으로 구분이 됐다.

덕분에 한빈은 물에 얼굴을 비춰 볼 수 있었다.

얼굴의 얼룩이 점점 희미해지더니 이내 사라졌다.

그뿐이 아니었다.

한빈의 몸에 생겼던 상처들이 감쪽같이 사라졌다.

한빈은 잠시 눈을 감았다.

일각 동안 소모성 구결이 지속한다고 했으니 이제 반 정도
가 남은 것 같았다.

이 기운을 몸속으로 받아들여서 혈맥까지 바꾸어 버릴 생
각이었다.

한빈이 눈을 감자 백호가 낑낑댔다.

소리는 내지 않았지만, 표정만 보면 잘 안되는 듯 보였다.

물론 한빈이 백호의 행동을 알 리 없었다.

백호가 이렇게 끙끙대는 이유는 무엇일까?

원래 영물은 자신이 주인으로 인정한 사람을 닮고 싶어 하
는 속성이 있다.

백호가 주인으로 인정한 것은 한빈.

한빈이 운기를 하자 백호도 따라 하고 싶었던 것이다.

하지만 호랑이가 가부좌를 틀 수는 없는 법.

백호는 멍한 눈으로 한빈을 바라보다가 눈을 빛냈다.

가부좌를 틀지 못하지만 비슷하게라도 흉내를 낼 수 있을
것 같아서였다.

연못 속에 몸을 담근 백호는 한빈의 옆에 붙어 그 기운에
집중했다.

사람과 짐승의 몸은 다르지만, 영물인 백호는 최대한 흉내
를 내려고 했다.

그 결과 백호의 영력이 조금씩 움직이기 시작했다.

잠시 뒤.

한빈은 조용히 눈을 떴다.

마치 날아갈 것만 같은 가벼운 느낌에 한빈은 자신도 모르
게 미소를 지었다.

이제 남은 시간은 얼마 없었다.

일각이라고는 하지만, 정확한 시간을 측정할 수는 없기에
여유 있게 연못을 나왔다.

연못을 나온 한빈은 주위를 둘러봤다.

백호가 안 보여서였다.

악비광과 마원은 여전히 가부좌를 틀고 눈을 감고 있는 상태였다.

그런데 백호는 어디에도 없었다.

분명히 같이 연못에 들어갔었는데 지금은 안 보이니 걱정이 될 수밖에 없었다.

한빈은 재빨리 앉아 있던 자리를 손으로 휘휘 저었다.

순간 손에 뭔가가 걸렸다.

건져 놓고 나니 백호가 걸려 나왔다.

백호는 물에 젖은 솜뭉치 같았다.

다행히 잠든 듯 새근새근 숨을 쉬고 있었다.

물속에서 숨을 쉴 수 있다니!

한빈은 영물의 오묘함에 감탄해야 했다.

물론 이것은 한빈의 착각이었다.

지금 백호는 무아지경에 들어 있었다.

그 상태를 한빈도 얼마 가지 않아서 알아챘다.

바로 백호의 몸 주변에 퍼지는 투명한 기운 때문이었다.

그 기운은 백호의 코로 다시 스며들었다.

기묘한 광경은 눈 깜짝할 사이에도 수십 번 반복되었다.

곧 백호의 몸에서 미세한 소리가 흘러나왔다.

끼긱. 끽.

뼈가 뒤틀리는 소리가 분명했다.

"설마 환골탈태?"

한빈의 눈이 한계까지 커졌다.

실로 놀라운 광경이었다.

그때 한 가지 의문이 들었다.

자신이 환골탈태할 때도 저랬는지 궁금했다.

환골탈태라는 것을 모른다면 귀신이 들렸다고 오해할 만한 광경이었다.

소리는 제법 오랜 시간 동안 지속되었다.

한빈이 보기에는 백호의 몸이 조금 줄어드는 듯도 보였다.

몸이 줄어들었다 싶더니 갑자기 털이 빠지기 시작했다.

이 부분에서 한빈은 입을 벌려야 했다.

만약 저 상태에서 털이 자라지 않는다면?

아마도 반쪽짜리 환골탈태일 터였다.

다행히도 얼마 안 가서 털이 자라기 시작했다.

그 털은 이전보다 풍성했다.

그 순간 일렁이던 기운이 자취를 감추었다.

녀석의 환골탈태가 끝난 것이다.

자세히 살펴보니 줄무늬는 여전히 없었다.

백호가 눈을 뜨고 몸을 흔들어 물기를 털어 냈다.

순간 털이 예전처럼 풍성하게 돌아왔다.

아니, 이전보다 두 배는 더 풍성해진 것 같았다.

거기에 머리도 더 작아졌다.

얼핏 보면 이제는 호랑이처럼 보이지 않을 정도였다.

한빈은 이제껏 이렇게 귀여운 동물을 본 적이 없었다.

놀람도 잠시, 한빈은 백호를 보며 관자놀이를 매만졌다.

영물은 주인을 닮고 싶어 하는 속성이 있다.

거기에 더해서 주인의 취향을 맞추려는 본능도 있다고 들었다.

물론 주인이 정해졌을 때의 이야기였다.

영물을 다스릴 수 있는 주인은 강호에서도 극히 드물었다.

"설마?"

한빈이 고개를 갸웃하자 백호도 따라서 고개를 갸웃했다.

자세히 보면 호랑이의 모습이 남아 있지만, 얼핏 보면 조금 큰 강아지로 오해할 정도였다.

이 정도면 데리고 다녀도 괜찮을 듯싶었다.

설화나 청화가 보면 좋아서 난리가 날 것이 분명했다.

하지만 영물을 데리고 가는 게 맞을까?

이 점은 의문이 들었다.

한빈이 고민하고 있을 때였다.

백호가 고개를 끄덕이며 작게 소리를 냈다.

끄릉.

자세히 보니 불쌍한 표정을 짓고 있다.

작게 한숨을 쉰 한빈이 고개를 끄덕였다.

"같이 가자!"

순간 백호가 펄쩍 뛰어서 한빈의 품에 안겼다.

한빈은 녀석을 안아 들고 조용히 걸음을 옮겼다.

아무래도 식사 준비를 해야 할 것 같아서였다.

악비광과 마원이 운기를 마치려면 대충 반 시진은 더 걸릴 것 같았다.

밖으로 나오려던 한빈의 시야에 상의를 벗고 있는 악비광이 들어왔다.

거기에 더해 한빈의 상의도 있으나 마나였다.

한빈은 조용히 아래쪽을 바라봤다.

그곳에는 내단이 없어진 천산혈랑의 사체가 있었다.

유황 기운이 점점 옅어져 가자 악비광은 눈을 떴다.

눈을 뜬 악비광은 까무러칠 듯이 놀랐다.

"마, 마 형! 대체 이게 무슨 일입니까?"

"흠."

마원도 악비광의 난리에 눈을 천천히 떴다.

눈을 뜬 마원의 눈도 보름달처럼 커졌다.

"악 소협!"

"마 형!"

둘은 검지를 들어 서로를 가리켰다.

그것도 잠시, 악비광은 재빨리 고개를 돌렸다.

마치 못 볼 것을 봤다는 표정이었다.

그도 그럴 것이, 마원은 실오라기 하나 걸치지 않고 있었다.

악비광은 고개를 갸웃하다가 그제야 자신의 몸을 만져 봤다.

마원뿐 아니라 자신도 똑같이 벌거벗고 있었다.

악비광은 자신도 모르게 혼잣말을 뱉었다.

"혹시 형님이……."

"그건 아닐 겁니다."

마원이 고개를 젓자 악비광이 말을 이었다.

"형님이라면 장난을 치고도 남습니다."

"하지만 바닥을 보십시오."

"그게 무슨 말씀입니까? 바닥이라니요?"

고개 숙인 악비광이 눈을 크게 떴다.

바닥에는 자신의 무복으로 보이는 천 쪼가리가 녹아내려 있었다.

가장 약한 실부터 풀어져 바닥에 널린 천은 여기저기 구멍이 나 있었다.

마원이 말했다.

"유황 때문에 녹은 것 같습니다. 음양의 기운이 중요한데 그것을 못 받아들이니 저리된 것이지요."

"허, 그럼 형님은……."

악비광이 놀라 주변을 둘러봤다.

이곳에 올 때는 분명히 한빈과 백호가 같이 왔다.

그런데 지금 보니 둘은 어디에도 없었다.

즉 유황의 기운에 사라졌을 수도 있다는 말이었다.

옆을 보니 한빈이 입었던 붉은색 무복이 얼핏 보이는 것도 같았다.

그 옆에 백호의 흰 털도 여기저기 보였다.

물론 백호의 흰 털은 환골탈태의 흔적이었다.

하지만 악비광이 그것을 알 리가 없었다.

악비광은 조용히 어디론가 걸어갔다.

동굴 밖으로 나온 것이다.

악비광이 힘없이 걸어가자 마원이 물었다.

"춥지 않소?"

"추운 게 문제입니까? 급한 불부터 꺼야죠."

"그게 무슨 말이오?"

"형님에 대한 제부터 올려야 할 것 같습니다. 아까 피우던 향이 어디 있죠?"

악비광은 밖에 나와서 향을 찾았다.

그 모습에 마원이 고개를 저었다.

"아무래도 성급한 것 같소만……."

"아니, 형님께서 아무래도 피곤함에 잠시 졸다가 봉변을 당하신 것 같습니다."

말을 마친 악비광은 방금 전 껐던 향에 다시 불을 피웠다.

악비광은 젖은 향에 불을 붙이는 데 꽤 애를 먹었다.

한참이 지나서야 타오른 향을 본 악비광은 나지막이 외쳤다.

"형님, 부디……!"

그때였다.

악비광의 어깨를 누군가 토닥였다.

순간 악비광의 이마에 팔자 주름이 생겼다.

"마 형, 왜 자꾸 방해를……."

악비광은 말을 잇지 못했다.

처음 보는 산적이 눈앞에 나타났기 때문이다.

"누, 누구냐?"

악비광이 뒤로 물러나며 창을 겨눴다.

상대는 분명히 산적이었다.

가죽으로 만든 외투에 가죽으로 만든 신발까지.

상행을 호위하다 보면 만날 수 있는 평범한 산적이었다.

다만 조금 이상한 것은 얼굴이 깨끗하다는 점이었다.

지저분한 산적들과는 달리 얼굴이 하얀 것이, 꼭 서생 같았다.

그 묘한 불일치가 악비광을 고민하게 했다.

"아우야! 혹시 중독이라도 된 거야? 아니면 안에서 뭘 잘못 먹은 거야? 의형제를 맺을 때는 언제고 지금 와서 창을 들이대?"

"형, 형님입니까?"

"그래, 나다."

"형님은 안에서……."

"내가 오늘 두 번이나 죽네. 그래도 예의 있는 아우를 만나서 다행이야. 하하."

한빈이 활짝 웃으며 다시 향을 껐다.

옆에서 이 광경을 보던 마원은 어이가 없다는 듯 웃다가 고개를 돌렸다.

순간 한빈이 눈을 가늘게 떴다.

"악비광!"

"네, 형님. 왜 그러십니까?"

"지금 네가 실수한 게 뭔지 알아?"

"실수라니요?"

"내가 죽었다고 착각했잖아."

"살아 돌아왔으면 됐지, 그게 왜 실수입니까?"

"왜 나라고 확신하지?"

말을 마친 한빈이 만월을 악비광의 목에 갖다 댔다.

순간 악비광이 말했다.

"그, 그 단검이 증거입니다."

"그래, 이 단검이 증거가 될 수는 있지. 하지만 말이다, 나는 처음에는 이 단검을 보여 주지 않았어. 그런데 어떻게 알았지?"

"그건……."

악비광은 말할 수 없었다.

한빈이 지금 악비광을 지적하는 이유는 한빈의 죽음을 착각해서가 아니었다.

갑자기 등장한 수상한 누군가를 믿을 수 있을 만한 근거를 대라는 것이었다.

또한 누구에게도 빈틈을 보이지 말라는 교훈을 주려 함이라는 것을 악비광도 알고 있었다.

한빈이 말을 이었다.

"우리가 싸우는 사람이 누군지 잊지 마라. 눈 깜짝할 사이에 네가 될 수도 있고 내가 될 수도 있는 놈들이지. 사천당가에서도 그랬고 무당산에서도 그랬어. 그러니 쉽게 믿지 말라는 거다."

"알겠습니다. 그런데 그렇게 진지하게 말씀하시니 조금 수상하긴 합니다."

"그래, 지금처럼 끝까지 의심하는 태도, 좋아!"

"아."

악비광이 입을 벌렸다.

말을 마친 한빈은 조용히 마원에게 시선을 돌렸다.

시선을 받은 마원은 본능적으로 고개를 끄덕였다.

한빈이 지금 했던 말이 자신을 향한 조언이라는 것을 알았기 때문이다.

마원은 조용히 한빈을 향해 고개를 숙였다.

한빈도 마주 고개를 숙였다.

한빈이 이런 충고를 하는 이유는 간단했다.

마원은 아마도 소군과 함께 마교로 돌아갈 것이다.

지금 마교를 장악하고 있는 세력 중 일부는 외부 세력일 가능성이 컸다.

무당산을 장악했던 백의 세력들처럼 말이다.

지금 생각해 보면 전생의 정마대전도 처음부터 끝까지 누군가에 의해 놀아난 것은 아닌지 하는 생각이 들었다.

그렇다면?

마원의 역할이 커질 것이다.

잠시 어색한 침묵이 맴돌 때였다.

멀리서 묘한 소리가 들려왔다.

스슥. 스슥.

그 소리에 악비광이 고개를 돌렸다.

고개를 돌리자 백호가 뭔가를 끌고 오고 있었다.

자세히 보니 그것은 가죽이었다.

백호는 그 가죽을 한빈의 앞까지 끌고 왔다.

가죽을 본 악비광은 가죽과 한빈의 옷을 번갈아 봤다.

가죽은 누가 봐도 한빈의 옷과 똑같았다.

마원도 놀랐는지 눈을 크게 떴다.

한빈은 아무렇지 않게 백호의 머리를 쓰다듬었다.

"백구야, 고생했다."

쿵.

백호가 꼬리를 치며 한빈의 옆에 붙었다.

한빈은 피식 웃으며 품에서 뭔가를 꺼내 백호에게 던졌다.

휙!

순간 백호가 뛰면서 한빈이 던진 물건을 받아먹었다.

그 모습에 악비광이 물었다.

"저게 뭡니까?"

"너도 줄까?"

말을 마친 한빈은 주머니에서 노란색 조각 하나를 꺼냈다.

그 모습에 악비광이 주춤주춤 뒤로 물러났다.

한빈이 꺼낸 것은 천수장에서 가지고 온 무말랭이였다.

바로 극양지기를 품었다고 하는 그 무말랭이 말이다.

그것은 악비광이 도저히 삼킬 수 없는 음식 중 하나였다.

몇 번 먹기 위해 시도해 봤지만, 그때마다 번번이 참지 못하고 뱉어 내야 했다.

악비광이 황당하다는 듯 말했다.

"백구가 저걸 좋아한다고요?"

"좋아하더라고. 누구완 달리 몸에 좋은 건 확실하게 아네."

"흠."

악비광이 시선을 피하자 한빈이 가죽을 가리켰다.

"길을 떠나려면 이게 필요할 거야."

"이게 뭡니까?"

"옷이지 뭐긴 뭐야?"

한빈이 자신의 옷을 툭툭 털자 악비광이 물었다.

"설마 이 가죽은……?"

"지금 내가 걸치고 있는 옷은 천산혈랑의 가죽으로 만든 게 맞아. 이것도 마찬가지고. 물론 공짜는 아니야."

"자, 잠시만요. 이것도 돈을 받으시려고요?"

"딱 봐도 빈털터리 같으니, 일단 달아 놓지."

"아, 형님."

악비광이 기가 찬 듯 바라보자 한빈이 고개를 돌렸다.

한빈은 씩 웃으며 마원에게도 말했다.

"물론 마 형도 공짜로는 안 줍니다. 달아 놓겠습니다."

"그, 그러십시오."

마원이 어색하게 웃었다.

***

한빈이 향한 곳은 귀산의 바로 아래에 있는 강가였다.

강가로 간 한빈은 주위를 두리번거렸다.

그 모습에 악비광이 눈을 가늘게 떴다.

이곳까지 온 이유는 간단했다.

단시간에 너무나 많은 일을 겪은 한빈이 이번만큼은 편하게 가자고 제안했기 때문이다.

한빈의 말대로 그들은 너무 많은 일을 겪었다.

거기에 더해 악비광과 마원은 지금 혈맥을 깨끗이 청소한 상태였다.

며칠 동안은 안정을 취하는 것이 맞았다.

지금 무리해서 움직이거나 급하게 운기를 했다가는 깨끗한 혈맥이 탁기로 오염되기 딱 좋았다.

며칠간은 무리하지 않는 것이 상책이었다.

물론 모든 것은 한빈의 설명이었다.

그런데 천천히 산길을 따라 일행을 따라잡지 않고 갑자기 강가로 온 것이다.

이곳으로 안내한 것도 한빈이었다.

악비광은 이 상황이 이해가 되지 않았다.

"왜 이곳으로 오신 겁니까? 형님."

"배 좀 얻어 타려고."

한빈은 당연하다는 듯 짧게 답했다.

이쯤 되자 악비광은 속이 터질 것만 같았다.

아무리 살펴봐도 주변에 사람의 기척은 느껴지지 않았다.

"형님, 배라니요? 아무리 봐도 배 비슷한 것도 보이지 않습니다."

"아우는 이곳의 특징이 뭔지 알아?"

"이름도 모르는 강인데 특징을 어떻게 압니까?"

"뒤쪽에 귀산이 있잖아."

"그죠. 당연한 말을 왜 자꾸 하십니까?"

"귀산으로는 지나가는 상행이 없다고 봐야지."

"그렇죠."

악비광은 의심 가득한 눈초리로 한빈을 바라봤다.

잠시 피식 웃은 한빈은 아무렇지 않게 말을 이었다.

"그래서 상인들은 대부분 이 강을 이용해."

"그럼 상선을 얻어 타겠다고 하는 건가요? 하지만 아무리 봐도 상인들은 안 보이는데요? 아니 나루터도 없는데요?"

"그야 당연하지. 강물이 차가워질 때쯤이면 뱃길을 이용하는 상인들의 수도 적어지니까."

"헉, 그런데 여길 왜 오신 겁니까?"

"상인들이 많으면 당연히 도적들도 많겠지."

"도적들이요?"

"그래. 수적!"

"수적은 왜요?"

"배 중에 가장 빠른 배가 수적들이 모는 쾌속선이지."

말을 마친 한빈은 음흉한 미소를 지었다.

악비광은 가슴을 탕탕 쳤다.

"아니, 상인이 없는데 수적들도 자취를 감추었겠지요. 없는 수적들의 배를 어떻게 얻어 탑니까?"

"사실 수적들이 쉴 기간이긴 해도, 강에서 멀리 가지는 않거든. 따라와 봐."

말을 마친 한빈이 낙엽 밟는 소리만 남기고 사라졌다.

사사삭.

순간 백호가 천천히 움직였다.

그때 멀리서 목소리가 들려왔다.

"무리하지 말고 백구 뒤를 따라와."

그 소리에 악비광은 한숨을 쉬었다.

"휴."

악비광은 백구의 뒤를 천천히 따라갔다.

백구는 신기하게도 냄새만으로 한빈의 흔적을 정확히 따라갔다.

백구가 안내한 거리는 정확히 반 시진.

반 시진 후, 백호는 조그만 바위 앞에 섰다.

백호는 펄쩍 뛰어 바위 위에 올라갔다.

악비광도 몸을 날려 바위 위에 섰다.

순간 악비광이 눈을 크게 떴다.

앞쪽에는 생각지도 못한 마을이 들어서 있었다.

마을은 강에 붙어 있었는데, 지리적으로 밖에서는 마을이 보이지 않았다.

악비광은 이곳이 수적들의 소굴임을 바로 알아챘다.

아니나 다를까.

수적으로 보이는 이들이 악비광 일행의 기척을 알아차렸는지 천천히 다가왔다.

악비광은 조용히 고개를 돌려 마원을 바라봤다.

"마 형! 준비하시죠. 형님이 무리하지 말라고 했는데 할 수 없는 상황인 것 같습니다."

"휴, 별수 없죠."

마원도 창을 꼬나 쥐었다.

그때였다.

백호가 악비광의 바짓가랑이를 잡아끌었다.

"왜 그래?"

쿵.

백호가 고개를 세차게 저었다.

그때였다.

수적 중 한 명이 나와 말했다.

"모시겠습니다."

말투와 행동 모두 정중했다.

악비광은 수적의 얼굴을 보고는 입을 딱 벌렸다.

수적의 얼굴이 퉁퉁 부어 있었기 때문이다.

그의 얼굴은 악비광이 봐도 불쌍할 정도였다.

심상치 않은 그의 얼굴에 악비광은 자신도 모르게 물었다.

"대체 무슨 일이 있었던 겁니까?"

악비광이 묻자, 수적으로 보이는 사내가 슬쩍 고개를 돌렸다.

피하려는 듯 조용히 앞으로 걸어가는 사내를 악비광이 잡아끌었다.

"왜 그러는 겁니까? 형씨."

"흠."

사내가 눈을 가늘게 뜨고 악비광을 살폈다.

대충 눈치챈 악비광이 사람 좋은 얼굴로 말을 이었다.

"저한테는 그냥 편하게 말씀하셔도 됩니다. 딱 봐도 믿음이 가는 얼굴이 아닙니까?"

"믿음이 가긴 하오. 누가 봐도 우리와 같은 부류라는 것을 알겠소이다."

사내가 의외로 고개를 끄덕이자 악비광이 말했다.

"그럼 무슨 일이 있었는지 말해 주십시오."

"똑같이 도적질을 업으로 삼고 있는 사람끼리 이러기 있소?"

"대체 무슨 일이 있었기에…….'"

"말도 마슈. 어떤 산채에서 왔는지는 밝히지 않고 남의 집에 와서 다짜고짜 주먹질부터 하면 어쩌자는 말이오? 수로채와 산채 간의 협약은 어찌하고 이러는 거요. 평생 물길 한번 지나치지 않을 건 아니지 않소?"

사내가 열변을 토했다.

그 말에 악비광은 힐끔 마원을 바라봤다.

무슨 말인지 아예 알아들을 수가 없기 때문이었다.

마원도 고개를 흔들었다.

악비광은 조심스럽게 질문을 던졌다.

"무슨 말인지 저는 도통 모르겠습니다. 조금 쉽게 말씀해 주시면 안 되겠습니까?"

"댁의 두령은 왜 그리 성격이 개차반이오?"

사내가 미간을 좁히며 목소리를 낮추었다.

악비광도 같이 목소리를 낮추며 물었다.

"두령이라니요?"

"날 이렇게 만든 자 말이오. 대체 어느 산채에서 오셨기에 예의는 밥을 말아 먹었단 말이오? 진짜 이런 얘기는 창피해서 어디 가서 말하지도 못하고……."

사내가 주저리주저리 말을 이었다.

사내의 말에 악비광은 입을 딱 벌려야 했다.

이번 사건은 간단했다.

먼저 앞장서겠다고 한 한빈이 이곳에 도착해서 수로채의 채주를 맨주먹으로 박살 낸 것이다.

그렇게 박살이 난 채주가 바로 눈앞의 사내였다.

이곳의 두령, 즉 채주는 악비광을 산적으로 오해하고 있었다.

물론 먼저 도착해서 주먹을 휘두른 한빈을 산채의 두령으로 오해하는 것은 당연했다.

한빈부터 시작해서 악비광 그리고 마원까지 모두 늑대 가죽으로 만든 옷을 걸치고 있었다.

산적이 아니고서야 이런 복장을 하고 있을 리 없었다.

수로채의 채주는 자신의 별호를 밝혔다.

"나는 해랑(海狼)이라고 하오."

"……아."

악비광은 잠시 할 말을 잃고 상대를 바라봤다.

해랑이란 이름은 악비광도 들어 본 이름이었다.

악비광이 들어 본 이름이라는 것은 강호에서 명성이 있는 인물이라는 것이었다.

그런데 그런 자를 이렇게 주무르다니.

악비광이 놀란 것은 한빈의 무력이 아니었다.

아무리 실력 차이가 난다고 해도 상대방의 별호가 알려져 있다면 마지막 자존심 정도는 세워 주기 마련이었다.

그것은 체면으로 먹고사는 강호인에게 베풀 수 있는 마지막 예의였다.

긴 탄성을 흘리던 악비광이 말을 이었다.

"우리 형님이 성격이 좀 괴팍합니다. 혹시 지필묵은 안 찾으시던가요?"

"어떻게 알았소?"

"아마 노예 계약서를 쓰자고 하셨을 것 같은데……. 만약 거기에 서명하셨다면 큰 화를 당하신 겁니다."

"휴."

채주 해랑이 한숨을 길게 내쉬자 악비광이 물었다.

"왜 그러십니까?"

"다행히 우리 수채에는 먹과 벼루가 없었다오."

"그것참 다행입니다."

"그대는 혹시……."

"저는 이미 서명했습니다. 이분도 그렇고요."

악비광이 옆을 바라보자 마원이 고개를 끄덕였다.

이것은 사실이었다.

이들 중 한빈과 계약서 한번 안 써 본 사람은 없으니 말이다.

채주 해랑이 다시 말을 이었다.

"그렇게 성질이 괴팍한 두령을 모시는 그대들의 앞날도 참답답해 보이는군."

"말도 마십시오. 만나자마자 검부터 뽑아 드는데……. 허!"

악비광이 옅은 한숨을 쉬며 하늘을 올려다봤다.

그러고는 고개를 갸웃했다.

한빈과 처음 만났을 당시 병기를 뽑아 든 것은 자신이었다는 것이 기억났기 때문이다.

하지만 굳이 정정하지는 않았다.

그때 마원도 작은 목소리로 말했다.

"그건 그렇소. 나도 처음 보자마자 생사결을 벌였으니 말이오."

"허허."

채주 해랑이 불쌍한 듯 그들을 바라봤다.

그가 보기에 악비광과 마원은 자신보다 더 불쌍한 자였다.

자신은 오늘 한 번 당했지만, 저들은 매번 당하는 것이 분명했다.

채주 해랑이 결심한 듯 낮은 목소리로 말했다.

"산채에서 지내기 힘들면 나중에라도 내려오시구려."

"뭐, 그러죠."

악비광이 아무렇지 않게 고개를 끄덕였다.

사실 악비광은 산채라는 단어가 조금 거슬리기는 했다.

하지만 토를 달지는 않았다.

복장에다가 사악한 주먹까지, 한빈을 산적으로 오해할 요소는 차고도 넘쳤다.

물론 수로채의 채주가 산적이라고 확신한 이유는 악비광과 마원의 인상이 한몫했다.

처음에는 산적인지 아니면 사파의 고수인지 확신이 서지 않았었다.

그러다가 이들을 본 해랑은 상대가 산적이 틀림없다고 확신했다.

늑대 가죽으로 만든 옷을 벗어 던진다고 해도, 악비광이나 마원은 얼굴 자체가 산적에 가까웠다.

잠시 후, 그들은 채주 해랑이 안내한 곳에 도착했다.

해랑은 조용히 배 한 척을 가리켰다.

"그들의 두령은 저기에 있소."

"감사합니다, 채주."

악비광이 포권하자 해랑은 옅은 미소를 보였다.

"그럼 살펴 가시오."

해랑은 손을 휘휘 저었다.

빨리 배에 오르라는 표시였다.

그때였다.

배 위에서 허여멀건 얼굴 하나가 툭 튀어나왔다.

물론 그것은 한빈이었다.

한빈을 본 해랑의 얼굴이 핼쑥해졌다.

뒤로 슬슬 물러나려는 해랑을 본 한빈이 손짓했다.

"어서 안 올라오고 거기서 뭘 하시오?"

"내가 수하들에게 잘 모시라 말해 놨소. 그러니 어서 가시오."

"채주가 직접 안내해야 안전하지 않겠소?"

"아니오. 내 수하들이 나보다 훨씬 더 뛰어나다오."

"안 올라온다면 내가 다시 내려가겠소."

말을 마친 한빈이 주먹을 말아 쥐고는 관절을 꺾는 소리를 냈다.

그 모습에 해랑이 입술을 꽉 깨물었다.

원망 어린 눈빛으로 악비광을 바라보던 해랑이 낮은 목소리로 말을 이었다.

"그러기에 빨리 타라 하지 않았소."

"제가 뭘……."

원망 어린 상대의 눈빛에 악비광은 뻘쭘해졌다.

어색한 분위기도 잠시, 해랑이 한숨을 쉬며 앞장섰다.

"휴. 됐소!"

배에 오른 악비광은 갑판 한쪽에 있는 커다란 탁자를 발견했다.

탁자 뒤에는 커다란 의자가 있었다.

무림세가의 가주전에서나 볼 수 있는 태사의였다.

한빈은 태사의에 몸을 맡긴 채 눕다시피 앉아 있었다.

얼마나 편해 보이는지 무인이 맞나 싶을 정도였다.

거기에 가죽옷은 벗어 버리고 비단옷을 말끔히 차려입고 있었다.

식사를 마쳤는지 배까지 만지고 있던 한빈은 악비광을 보더니 자리에서 일어났다.

그 모습에 악비광은 한빈에게 달려갔다.

가끔 벼랑 끝에 내몰릴 때가 있지만, 한빈은 가족보다 더 진한 연이 있는 사람이었다.

번개처럼 한빈에게 달려간 악비광은 재빨리 양팔을 벌렸다.

한빈도 마찬가지로 양팔을 벌렸다.

악비광은 한빈의 입가에 맺힌 미소를 보곤 목청껏 외쳤다.

"형님!"

하지만 악비광의 팔은 허공을 헤집었다.

한빈이 팔을 내민 사이에 백호가 뛰어들었기 때문이다.

컹.

"수고했다, 백구야."

백호는 한빈의 팔을 혀로 핥았다.

졸지에 한빈의 관심을 독차지한 백구를 본 악비광이 눈썹을 꿈틀댔다.

묘하게도 질투심이 일었기 때문이다.

그때 한빈이 뒤쪽을 보며 눈짓했다.

그곳에는 해랑이 불만 가득한 표정을 하고 있었다.

악비광이 그의 심정을 모르는 것은 아니었다.

해랑도 한빈의 손아귀에서 벗어나고 싶었을 것이 분명했다.

해랑이 마지못해 외쳤다.

"출발!"

해랑의 외침에 선원들이 돛을 올렸다.

천천히 육지에서 배가 멀어지자, 선원들이 주변을 경계했다.

해랑은 앞쪽으로 가 조타륜(操舵輪)을 잡았다.

모든 것이 자연스러웠다.

한빈은 다시 앉아 다른 자리를 가리켰다.

"자, 다들 앉아."

자리에 앉은 악비광은 눈치를 보다가 물었다.

"대체 어찌 된 일입니까?"

"전에 알던 수로채의 채주에게 부탁 좀 했어."

한빈이 사람 좋은 얼굴로 웃자 악비광은 입을 딱 벌렸다.

조금 전 채주 해랑에게서 들었던 내용과는 딴판이기 때문이다.

악비광이 의심 가득한 눈초리로 물었다.

"진짜입니까?"

"내가 거짓말할 사람처럼 보여?"

"그건 아닌데……. 해랑이란 채주가 억울해하던데요."

"그 친구는 맞아야 해. 내게는 빚도 좀 있고 말이야."

"오늘 처음 봤다고 하던데 빚이 있다니요?"

"궁금해?"

"당연히 궁금하죠. 해랑이면 그래도 강가에서 방귀깨나 뀐다는 친구인데, 저리 묵사발을 만들어 놓으면 어떻게 합니까. 그래도 수하들 앞에서 자존심은 지켜 주셔야죠."

"자존심은 지켜 줬어."

"바둑이로 만드신 게 자존심을 지켜 준 거라고요?"

"목소리가 높네. 계속하면 해랑은 널 원수로 여길걸!"

"그게 무슨 말씀입니까? 형님."

"나는 해랑 채주의 자존심을 구긴 적이 없어. 채주는 수련하다가 혼자 다친 거지."

"네?"

"수하들은 그렇게 알고 있어. 그런데 아우가 지금 그걸 다 퍼뜨리고 있잖아."

"그러니까, 제가……."

악비광은 주위를 둘러봤다.

앞쪽에서 조타륜을 쥐고 있는 해랑이 악비광을 뚫어지라 바라보고 있었다.

정말 한빈보다 악비광을 더 미워하는 것 같았다.

악비광도 그것을 눈치챘는지 다급하게 입을 막았다.

그 모습에 한빈이 씩 웃었다.

한빈이 해랑을 다그친 것은 몇 가지 이유가 있었다.

첫 번째는 전생에 그가 한빈의 돈을 떼먹었기 때문이었다.

전생의 일을 지금 따지는 것이 조금 이상하기는 하지만, 한빈은 맺고 끊는 것이 정확한 사람이었다.

아무리 전생에 일어난 일이라고 하지만, 그것을 그냥 넘길 수는 없었다.

이제까지의 모든 일이 그랬다.

그런 확실한 끝맺음이 현재의 한빈을 만들었다고 봐도 되었다.

두 번째는 그 돈을 갚기 전에 누군가에게 살해당했기 때문이다.

전생에는 녹림의 고수에게 시비를 걸다가 비명횡사했다.

지금은 수로채의 채주로 있지만, 정마대전이 발생하면 누구보다 앞장서서 중원의 문파를 도울 인물이 바로 해랑이었다.

물론 공짜는 아니었다.

목숨을 걸고 보급품과 병사를 운송하는 대신 그만한 대가를 받았으니까.

혹시라도 정파와 사파 혹은 정파와 마교 사이에 분란이 생기면 그 틈을 파고들어서 돈을 벌 인간이었다.

혹시나 닥쳐올지 모르는 재앙에 대비하기 위해서 해랑이 필요했다.

아마도 녹림의 뜨거운 맛을 보여 줬으니 산적 복장을 한 고수가 나타나면 줄행랑을 칠 것이 분명했다.

해랑은 눈치가 빠른 자이니까.

한빈은 앞에서 묵묵히 조타륜을 잡은 해랑을 보고는 피식 웃었다.

한빈은 그에게 황금 천 냥보다 값진 교육을 해 준 것이었다.

다음 날 아침.

한빈은 침상에서 눈을 떴다.

밖에 나와 보니 시원한 강바람이 온몸을 훑고 지나갔다.

휘익.

한빈은 기지개를 켜며 떠오르는 해를 조용히 바라봤다.

순간 귓가에 거슬리는 소리에 한빈은 고개를 돌렸다.

고개를 돌려 보니 악비광과 마원이 연신 헛구역질을 해 대고 있었다.

뒤쪽에서는 해랑이 그 모습을 흐뭇하게 지켜보고 있었다.

모든 게 자연스러운 광경이었다.

그때였다.

앞쪽에서 조타륜을 직접 잡고 있던 해랑이 외쳤다.

"모두 앞을 경계하라!"

풍파

채주 해랑의 갑작스러운 외침에 한빈이 고개를 돌렸다.

앞쪽에 특별한 상황은 전혀 보이지 않았다.

한빈은 눈을 감고 기감을 끌어올렸다.

그러자 채주 해랑의 말대로 앞쪽에서 제법 거센 기운이 느껴졌다.

그렇다고 한빈 일행을 위협할 만한 기운은 아니었다.

물론 확실하지는 않았다.

거리가 너무 멀기에 기운의 크기를 정확히 파악할 수는 없었다.

한빈이 위협적이지 않다고 느낀 이유는 간단했다.

백경이나 마교같이 자신을 위협할 만한 조직의 기운이 아니었기 때문이다.

과연 누굴까?

그것도 잠시, 한빈은 고개를 갸웃했다.

하나의 기운이 아니라 강한 기운 속에 약한 기운이 꿈틀대고 있었기 때문이다.

그것은 약자가 대항하고 있다는 말이었다.

이제는 상대가 누구인지보다는 어떤 상황인지가 궁금했다.

다행인 것은 그들 중 어떤 기운도 익숙하지 않다는 점이었다.

즉 한빈과 상관없다는 말이었다.

만약 저 안에서 익숙한 기운이 느껴졌다면 자리에 앉아 있을 수만은 없었을 것이다.

아는 이들이 당한다면 강 건너 불구경이 될 수 없다.

시시각각 표정이 변하는 한빈을 본 악비광이 다급하게 물었다.

"무슨 일입니까? 형님."

"아무래도 안 좋은 일이 일어난 듯싶구나."

"그게 무슨 말입니까?"

"그야 나도 모르지. 여러 기척이 뒤엉켜 있다는 것만 알 뿐…… . 나머지는 나도 모른다."

한빈이 앞쪽을 가리켰다.

이것은 한빈의 진심이었다.

어떤 상황인지 아직 감은 잡히지 않지만, 얼핏 혈향도 풍겨 왔다.

아마도 악비광과 마원은 그 냄새를 못 맡을 것이다.

원래 물비린내 속에 섞인 혈향을 맡기 위해서는 적어도 삼 년은 배를 타야 가능하니 말이다.

한빈은 선상 경험이 제법 풍부했다.

물론 한빈의 경험은 모두 전생의 일이었다.

아마도 해랑이 저리 심각한 표정을 짓는 것은 혈향 때문임이 분명했다.

악비광이 앞을 보며 눈을 가늘게 떴다.

그것도 잠시, 악비광은 고개를 휘휘 저었다.

"무슨 기운이 느껴진다고 그러십니까? 아무리 집중해 봐도……."

"느끼지 못하는 것이 당연하다."

"아, 서운하게 왜 그러십니까?"

악비광이 불만 가득한 표정으로 한빈을 바라봤다.

채주 해랑보다 자신의 무공이 더 낮다는 의미로 받아들였기 때문이다.

한빈에게 뒤처지는 것은 당연하지만, 채주 해랑에게까지 뒤진다는 것은 참을 수 없었다.

악비광이 다시 은근한 목소리로 물었다.

"혹시 착각 아닙니까? 형님."

"이대로라면 반 시진은 가야 보일 것이야."

"반 시진이요?"

말을 마친 악비광은 고개를 돌렸다.

바람이 약해 배가 천천히 움직인다지만, 반 시진 거리의 기척을 눈치챘다니 이해가 되지 않아서였다.

한빈이라면 가능하지만 채주가 반 시진 거리의 기척을 알아챘다고?

옆을 보니 해랑의 수하들은 모두 박도를 움켜잡고 있었다. 그 모습에 악비광은 고개를 저었다.

악비광은 한빈과 해랑이 착각한 것이라고 생각했다.

얼마나 지났을까.

하늘을 본 악비광이 피식 웃었다.

"형님, 아무 일도 없지 않습……."

순간 악비광은 말을 잇지 못했다.

희미한 소리가 귓가에 울렸기 때문이다.

비명과 쇠붙이가 부딪히는 소리.

물론 거리가 멀기에 고수가 아닌 일반인은 들을 수 없을 소리였다.

아직 앞에는 아무것도 보이지 않았다.

정확히 말하면 볼 수가 없었다.

멀리 보이는 곳에는 안개가 자욱했기 때문이었다.

그때 해랑이 천천히 다가왔다.

한빈의 앞에 멈춘 그는 진지한 표정으로 말했다.

"강줄기는 두 개요. 저 안개 낀 곳과 저쪽 맑은 곳 중 길을 선택할 수 있소. 어떻게 하시겠소?"

"그걸 왜 내게 묻습니까?"

한빈이 묻자 해랑이 말했다.

"기척이 느껴지는 곳은 저 안개 낀 수로요. 저곳으로 가면 노잣돈 정도는 건질 수 있을게요. 어찌하겠소? 노잣돈 정도는 벌어 가는 것이 좋지 않겠소?"

해랑의 말대로였다.

이곳 호평강은 중간에 작은 물줄기 두 개로 나뉜다.

지금 그 갈랫길이 앞에 있는 것이다.

갈랫길이라고 하지만, 얼마 안 가서 같은 물줄기로 합쳐지니 어디로 가도 관계없었다.

"뭐, 거마비 정도 뜯는 것도 나쁘지는 않을 듯싶습니다."

"역시 그럴 줄 알았소."

해랑이 고개를 끄덕였다.

그들의 대화에 악비광은 입을 딱 벌렸다.

처음에는 착각인 줄 알았는데 한빈이 끝까지 산적 행세를 하고 있었기 때문이다.

거기에 대화가 너무 자연스러웠다.

해랑은 다시 몸을 돌려 조타륜을 잡기 위해 뱃전으로 걸어갔다.

그때 악비광이 은밀한 목소리로 해랑에게 물었다.

"채주는 어떻게 먼저 기척을 알아챈 겁니까? 저는 아무리 집중해도 도무지 느껴지지 않았습니다."

"기척이라니, 그게 무슨 말씀이오?"

"아까 경계하라고 외치지 않았습니까?"

"그것은 냄새 때문이오. 희미하게 혈향이 풍겨 나왔소. 강물의 비릿함과는 다른 냄새요."

"혈향이라……. 채주님도 우리 형님과 같은 부류시군요."

"그게 무슨 말이오?"

"우리 형님도 이쪽이 뛰어납니다."

악비광이 코를 가리키며 한빈을 바라봤다.

그 모습에 해랑이 말을 이었다.

"수적이나 산적이나 혈향을 감지 못 하면 이 바닥을 떠나는 게 맞소. 그런 면에서 당신의 두령은 뛰어난 자요. 성질은 드러워도……."

"아!"

악비광이 탄성을 흘리며 고개를 끄덕였다.

그들은 목소리를 낮췄지만, 한빈은 모두 듣고 있었다.

한빈은 후각만 뛰어난 게 아니라 청각도 일반 무사들과는 비교가 되지 않았으니 말이다.

조용히 웃으며 앞쪽을 바라보던 한빈이 눈을 가늘게 떴다.

앞쪽에서 변화를 감지했기 때문이다.

이제는 거센 기척들이 천천히 사라지고 있었다.

한빈은 먼 곳을 바라보며 상황을 추측했다.

앞쪽에서 벌어진 일은 일반적인 무인들 간의 싸움이 아니었다.

누군가가 압도적인 힘으로 상대를 누른 것이다.

과연 어떻게 된 일일까?

한빈은 조용히 해랑을 바라봤다.

가장 의심스러운 것은 바로 수로채였기 때문이다.

압도적인 힘으로 상대를 찍어 눌렀다면 그것은 수적이 상선을 약탈할 때 일어나는 일이었다.

보통은 통행료를 받고 보내 줄 텐데 약탈을 했다고?

한빈은 이 점이 이해가 되지 않았다.

고민하던 한빈이 천천히 뱃전으로 걸어가 해랑의 옆에 섰다.

한빈은 말없이 해랑을 바라보기만 했다.

기척을 느낀 해랑이 조용히 고개를 돌렸다.

시선이 마주치자 해랑이 고개를 갸웃했다.

"왜 저를 그리 보시는 거요?"

"혹시 외부로 나간 수하들이 있습니까?"

"네, 있소이다. 식량과 물자를 조달하러 간 수하들이 돌아올 때가 되었소이다."

"혹시 그 수하들이 상선을 약탈할 확률은……."

한빈의 말이 끝나기도 전에 해랑이 손을 휘휘 저었다.

"없소이다."

그의 말은 단호했다.

해랑은 황당하다는 듯 한빈을 바라봤다.

생긴 건 서생에 가깝지만, 무시 못 할 산채의 두령이 확실했다.

말투나 행동 모두가 그랬다.

그런데 지금은 꼭 정파인인 것처럼 말하고 있었다.

해랑은 이것이 마음에 들지 않았다.

고개를 휘휘 젓는 해랑의 모습에 한빈이 다시 물었다.

"정말 아닙니까?"

"네, 그럴 일이 없는 수하들이오. 내 지시가 없이는 누구도 해칠 수 없소이다."

해랑이 눈을 가늘게 떴다.

이곳에 자리 잡은 지 어언 십 년이 넘었다.

그동안 칼을 맞부딪칠 일이 없지는 않았지만, 힘없는 백성들의 목숨을 빼앗은 일은 없었다.

해랑에게는 이곳 수로가 자신의 집이라고 할 수 있었다.

자리를 잡고 있기에 다른 문파들에 찍힌다면 순식간에 목이 달아날 수도 있었다.

그런 이유로 도적질에도 예를 차린다.

어찌 보면 수로를 정화하고 통행료 장사를 하는 장사치라고 봐도 되었다.

물론 수로채의 이익에 해가 되는 집단이라면 눈을 까뒤집고 달려든다.

그때는 예의고 뭐고 존재하지 않는다.

하지만 해랑이 이곳에 자리 잡은 십 년 동안 그런 일은 없었다.

해랑을 위협하는 세력도 없었고 그가 칼을 뽑아 드는 일도 없었다.

해랑이 호평강의 지배자로 나선 후에는 이곳에 피바람이 불지 않았다.

그것만으로도 해랑은 자신이 밥값을 했다고 봤다.

그때였다.

한빈이 나지막한 목소리로 말했다.

"그렇다면 속도를 높이시지요."

"무슨 말이오?"

해랑이 눈을 크게 뜨자 한빈이 다시 말을 이었다.

"그대의 수하가 벌인 일이 아니라면……. 당한 것이 그대의 수하일 수도 있지 않겠습니까?"

"허허, 우리 수로채를 물로 보는 것이오?"

해랑이 불만 가득한 표정으로 한빈을 바라봤다.

그 모습에 한빈이 웃었다.

"물로 보는 게 아니라 사실을 말한 것입니다. 뛰는 놈 위에는 나는 놈이 있는 법이지요. 그대가 내게 당한 것처럼!"

한빈이 슬쩍 주먹을 쥐자 해랑이 헛웃음을 터뜨렸다.

"풋, 아까는 방심했었소. 나중에 제대로 붙게 되면 내 칼이 사납다 욕하지 마시오."

"그렇다고 치고⋯⋯. 일단 속도도 높이죠. 그래야 후회가 없을 듯싶습니다."

"하하, 부탁이라면 들어주겠소."

해랑이 목을 길게 뺐다.

마치 어찌하나 지켜보겠다는 표정이었다.

해랑이 이러는 이유는 간단했다.

바로 한빈에게 일방적으로 당한 것에 대한 분풀이였다.

육지에서야 힘없이 당했지만, 이곳 강 한가운데라면 이야기는 달라질 수밖에 없었다.

거기에 안개 속으로 들어간다면 이미 승부는 끝났다고 봐야 했다.

안개가 낀 강 위에서 해랑을 당해 낼 자는 없었다.

그것은 어둠 속에서 맹인 검객이 일반 검객 몇십 명을 물리칠 수 있는 원리와도 비슷했다.

해랑은 이곳 수로를 눈감고도 누빌 수 있었다.

안개 낀 강물 속에 빠졌다고 해도 언제든 뭍으로 나올 수 있는 능력이 있었다.

그때 한빈이 말했다.

"부탁드리죠."

"알겠소."

해랑이 웃으며 조타륜 옆에 있는 검은색 깃발을 들어 올렸다.

순간 수적들의 움직임이 달라졌다.

돛이 하나 더 펼쳐지고 모두가 동서남북으로 나뉘어서 주변을 살피기 시작했다.

물론 배의 속도도 빨라졌다.

순간 뒤쪽에서 이 광경을 지켜보던 악비광이 비명을 토해 냈다.

그들의 행동이 무모했기 때문이다.

속도를 높이라고 하는 한빈의 요구도 그렇지만, 그것을 들어주는 해랑도 미친 자였다.

이유는 간단했다.

강에서 안개를 만나면 무조건 피하는 것이 맞았다.

피하지 못한다면 최소한 속도라도 줄여야 했다.

강물 속에는 곳곳에 암초가 널려 있기 때문이었다.

만약에 애먼 돌부리에라도 걸린다면?

거기에 그곳이 하필이면 안개 낀 강이라면?

아무리 무공이 뛰어나도 물귀신이 될 수밖에 없었다.

그런데 같이 죽자는 듯 속도를 높인다니!

악비광은 백호를 바라봤다.

백호는 천진난만하게 아무 걱정 없다는 듯 웃고 있었다.

아무리 영물이라지만, 이런 위험까지 감지하지는 못하는 것이 분명했다.

악비광은 위험을 몰고 다니는 한빈 때문에 자신과 백구 모두 목숨이 달아날 처지에 놓였다고 생각했다.

순간 배가 안개 속으로 쏙 들어갔다.

악비광은 백호를 안아 들었다.

"백구야! 너는 내가 지켜 주마."

말은 그렇게 했지만, 악비광은 본능적으로 떨고 있었다.

아무리 강적을 만나도 지금처럼 떤 적은 없었다.

얼마 전 천산혈랑을 만났을 때도 이렇게 두렵지는 않았다.

차라리 상대가 있다면 발버둥이라도 치겠지만, 이건 상대도 존재하지 않는 무모한 도전이었다.

안개 속으로 배가 완전히 들어가자, 악비광도 비릿한 혈향을 느낄 수 있었다.

그때였다.

배가 흔들렸다.

탁!

베가 뭔가와 충돌하는 소리였다.

고개를 들어 보니 어렴풋하게 배의 형태가 눈에 들어왔다.

그 배에 먼저 반응한 것은 다름 아닌 해랑이었다.

해랑은 그 배를 보고 놀라 손가락질을 했다.

"저건 분명히 우리 배⋯⋯."

"일단 진정하시지요."

한빈이 그의 어깨를 토닥였다.

위로에도 불구하고 해랑은 눈을 이리저리 굴리며 안절부절못했다.

아마도 본능적으로 불길함을 느꼈을 것이 분명했다.

하지만 섣불리 뛰어들지는 않고 있었다.

짙은 안개 때문에 배 위의 상황이 전혀 보이지 않았기 때문이다.

안개 속에 어떤 함정이 도사리고 있을지는 아무도 모르는 일.

해랑이 재빨리 수하들에게 눈짓했다.

수하들은 재빨리 호롱불을 들고 다시 나타났다.

호롱불은 바람과 습기를 막기 위해 몇 군데를 제외하고는 기름종이로 꽁꽁 막아 놨다.

해랑은 호롱불을 받아 들고 조용히 건너편 갑판으로 뛰어오르려 했다.

그때 한빈이 그의 호롱불을 빼앗았다.

한빈은 그것을 반대편 배의 갑판에 던졌다.

휙!

호롱불은 포물선을 그리며 반대편 갑판으로 날아갔다.

호롱불이 한빈의 눈높이까지 떨어졌을 때였다.

서걱.

묘한 소리와 함께 갑자기 호롱불이 꺼졌다.

순간 한빈은 눈을 가늘게 떴다.

은밀한 기척이 느껴졌다.

그 은밀한 기척은 날아오는 호롱불을 반으로 갈랐다.

그러고는 그 파편이 바닥에 떨어지기 전 발로 받았다.

모든 것이 눈 깜짝할 사이에 일어난 일이었다.

한빈은 조용히 해랑을 바라봤다.

해랑은 자신을 막은 한빈을 쏘아보고 있었다.

그는 수적이라고는 하나 수하를 아꼈다.

무자비하게 칼을 휘두르는 무식한 도적 떼들과는 다른 자
였다.

한빈은 고개를 저었다.

"내가 가 보겠소."

"나도……."

"짐만 될 뿐입니다. 그리고 서두르자고 한 것도 내가 아닙
니까?"

"……."

해랑은 할 말이 없었다.

상대가 부탁하지 않으면 이렇게 속도를 높이지 않았을

것이다.

만일의 상황을 대비해 재촉한 것이 바로 한빈이었다.

한빈이 아니었다면 이 배를 발견 못 했을 수도 있었다.

해랑은 안개 때문이라도 이곳을 피했을 것이기 때문이다.

아니, 아예 수로채에 파묻혀 나올 생각도 못 했을지도 모른다.

지금 이 배를 발견 못 했다면?

아마도 영원히 이 배를 찾지 못했을 것이다.

그렇게 생각하니 등에 소름이 돋았다.

그도 그럴 것이, 이곳의 강은 제법 넓었다.

그리고 안개는 그 강을 바다처럼 만들어 준다.

즉 모래밭에서 바늘 찾기와도 같다는 점이었다.

이렇게라도 배를 발견하게 된 것은 모두 한빈의 덕.

해랑은 조용히 고개를 끄덕였다.

해랑이 말했다.

"생각해 보니 저 안개 속에서 적이 버티고 있다면, 여럿이 올라갈 시 불리할 수도 있겠소."

"그럼 동의했다고 생각하겠습니다."

말을 마친 한빈은 조용히 다리에 찬 만월을 빼 들었다.

안개 속에서는 장애물에 걸릴 확률이 높기 때문이다.

만일을 대비해서라도 단검이 유리했다.

그때 악비광이 다가오며 말했다.

"저도 가겠습니다."

"너도 여기 남아라."

한빈이 고개를 살짝 저었다.

시선을 마주한 악비광이 실망한 표정으로 고개를 끄덕였다.

"그럼 저는 여기 남아 마 형과 백구를 돌보겠습니다."

"아니, 백구는 내가 데려간다."

"네? 그럼 제가 백구보다도 못하다는 말씀인가요?"

"무공이야 그렇지 않겠지."

"그럼요?"

"사람의 오감이 짐승을 따라갈 수는 없는 법이지."

말을 마친 한빈이 반대편을 가리키자 악비광은 말했다.

"형님은요?"

질문은 던진 악비광은 자신도 모르게 헛숨을 쉬었다.

한빈의 오감이 짐승에 가깝다는 것을 깨달았기 때문이다.

그 모습을 본 한빈이 피식 웃었다.

"어쩌면 이곳을 지키는 것이 더 중요할지도 모른다. 만약 내가 적이라면 성동격서를 쓸 테니까."

"성동격서요?"

"주요 전력이 저 배에 오를 때를 틈타 이 배를 습격하는 거지. 그러니 주요 전력의 일부분은 이곳에 남겨 둬야지."

"그럼 제가 주요 전력이란 말씀이신가요?"

"흠, 말하자면……."

한빈이 미소를 지으며 말을 맺자, 악비광이 눈을 빛내며
창대를 움켜잡았다.

그 옆에 있던 마원도 덩달아서 눈을 빛냈다.

안개 속에서도 눈을 빛내는 두 창술가의 모습에, 한빈은
피식 웃었다.

"그럼!"

한빈이 건너편으로 뛰어오르자 백호가 뒤를 따랐다.

막 갑판에 착지하려 할 때였다.

갑자기 사늘한 기운이 발목을 향해 날아왔다.

순간 한빈은 재빨리 몸을 뒤틀었다.

휘릭.

바로 한빈의 발아래로 검날이 지나갔다.

한빈은 검을 날린 쪽을 향해 만월을 날렸다.

'백발백중!'

순간 뒤쪽에서 비명이 들려왔다.

"악!"

그 비명에 한빈은 재빨리 몸을 날렸다.

'성동격서!'

상대의 간을 볼 때가 아니었다.

안개 속에서는 가장 효율적인 공격으로 상대를 속전속결
로 제압하는 것이 중요했다.

검로를 예측 못 하는 성동격서를 안개 속에서 막을 수 있

는 자가 있을까?

아마도 화경의 고수조차도 당황할 것이었다.

아니나 다를까.

검 끝에 감각이 느껴졌다.

한빈은 곧게 뻗던 단검을 멈추었다.

상대가 저항 없이 죽음을 받아들이려는 듯 보여서였다.

만월을 회수한 한빈은 검지로 상대의 견정혈을 눌렀다.

순간 상대가 털썩하고 자리에 쓰러졌다.

그때였다.

뒤쪽에서 백호의 포효가 들려왔다.

으릉.

순간 뒤쪽에서 털썩하는 소리가 연달아 들렸다.

백호의 기세에 제압당한 것이 분명했다.

한빈은 품속에서 화섭자를 꺼냈다.

그러고는 배 위에서 화로를 찾았다.

화로에 불을 붙인 후 한빈은 조용히 기다렸다.

아무리 무공이 뛰어난 자라고 해도 자연이 만들어 낸 안개를 물리칠 수는 없는 법이었다.

하지만 바람을 따라 조금만 더 거슬러 올라가다 보면 안개는 걷힐 것이다.

그렇게 되면 배 위의 상황도 확실히 알게 될 터.

한빈은 화로 앞에 털썩 앉아서 팔짱을 꼈다.

딱 차 한 잔 마실 시간이 지났다.

바람이 휙 하고 불더니 따사로운 햇살이 갑판 위를 비추었다.

드디어 안개 속에서 벗어난 것이다.

한빈은 조용히 자리에서 일어나 주위를 둘러봤다.

주변에는 여섯 명의 무사가 자리에 쓰러져 있었다.

그중 한빈의 앞에 있는 자는 초절정의 고수.

나머지는 절정급의 무사들이었다.

자세히 보니 그 뒤에 다른 한 명이 있었다.

기척이 약해서 무사라고 생각지 못했다.

그런데 자세히 보니 낯이 익었다.

순간 한빈의 눈이 커졌다.

얼굴은 삼십 대 중반처럼 보이지만 희끗희끗한 머리 때문에 노인이라 오해할 수도 있는 외모.

거기에 손에는 판관필을 들고 있었다.

그자는 다름 아닌 사도련의 인물로, 익절선생이란 별호를 가지고 있던 자였다.

이름은 마휘.

정파에서는 그 어떤 고수보다도 꺼리는 자였다.

말을 섞다 보면 상대는 자신도 모르게 허벅지 살을 내주게 된다는 전설의 언변을 지닌 자.

또한 그는 강남 사도련의 군사였다.

그런데 왜 그가 여기에 있을까?

물론 한빈과는 현생은 물론이거니와 전생에도 몇 번 만났던 자였다.

한빈은 재빨리 마휘에게 달려갔다.

"정신이 드십니까?"

"흠."

마휘는 수염을 쓸어내리며 한빈을 쏘아봤다.

마치 한빈을 적으로 간주한 듯한 모습이었다.

한빈은 쓰러진 무사들을 다시 바라봤다.

자세히 보니 그들은 사도련의 무사들이었다.

그들 외에 갑판 위에 다른 이들은 없었다.

갑판 위를 바라보던 한빈은 고개를 갸웃했다.

그 어떤 혈흔도 한빈의 시야에 들어오지 않았기 때문이었다.

한빈은 다시 한번 후각에 집중했다.

착각이 아니라 지금은 코끝을 간지럽히는 혈향이 없었다.

그렇다면 멀리서 감지했던 혈향과 병장기 부딪치는 소리는 이곳에서 난 게 아니라는 말이었다.

한빈은 자신도 모르게 웃음을 터뜨렸다.

"하하."

그 웃음에 마휘가 반응했다.

"왜 웃는가?"

"혹시 저를 모르시겠습니까?"

한빈의 말에 그제야 마휘가 눈을 크게 떴다.

"자네는……."

"네, 전에 만났던 하북팽가의 사 공자입니다."

"그런데 자네가 왜 여기에?"

"그건 제가 묻고 싶은 말입니다."

"허허."

마휘도 그제야 웃었다.

그도 뭔가 일이 틀어졌다는 것을 깨달은 것이다.

안개 속에서 일어난 격렬한 전투는 분명 허상이 아니었다.

한빈이 다시 말을 이었다.

"이 배는 수로채의 것입니다."

"그렇다면 수적의 소행이라는 것인가? 아니야, 그럴 리는 없어……."

마휘가 고개를 좌우로 흔들었다.

그 모습에 한빈이 재빨리 물었다.

"지금 소행이라고 하셨나요? 대체 무슨 일이 있었기에 여기까지 오신 겁니까?"

"우리 주군이 납치를 당했다네."

"자, 잠시만요. 그럼 독고진 대협이 납치당했다는 건가요?"

한빈의 눈이 커졌다.

마휘가 주군이라고 부를 사람은 강남 사도련의 련주, 독고

진밖에 없었다.

무림삼존을 제외하고는 가장 무공이 뛰어난 사도련주가 납치를 당했다고?

이건 말도 안 되는 상황이었다.

한빈의 반응에 마휘가 입술에 검지를 갖다 댔다.

"쉿, 목소리를 낮추시게. 이 일이 외부에 알려져서는 안 되네."

"지금 그게 문제가 아니지 않습니까?"

"조직에는 가장 큰 문제일세."

마휘가 표정을 굳히며 손가락 하나를 폈다.

그러고는 다시 말을 이었다.

"무슨 뜻인지 자네는 알지 않나?"

"네, 이해는 합니다. 그러면 그 흔적을 쫓아 여기까지 오셨다는 말씀입니까?"

"그렇다네."

"그럼 수로채의 수적들은 어디 있습니까?"

"못 봤다네. 혈향을 따라서 이곳으로 왔을 뿐이네."

"공교롭군요."

한빈이 관자놀이를 툭툭 쳤다.

이곳에 처음 올랐을 때는 누군가 한빈을 유인하기 위한 수단인 줄 알았다.

그런데 지금 그의 말을 듣고 보니 한빈이 아닌 사파의 고수들을 유인하기 위한 수단이었다.

한빈은 손가락을 튕겼다.

딱!

그 소리에 악비광이 해랑과 함께 배로 건너왔다.

한빈은 먼저 해랑을 소개했다.

"이분은 이곳 수로채의 두령인 해랑입니다. 이분은 사도련의 마휘 대협이십니다."

서로 인사하던 해랑과 마휘가 한빈을 바라봤다.

그러고는 동시에 고개를 갸웃했다.

마휘는 정파의 인물이 수로채의 도적과 교류하고 있을 줄을 몰랐기에 놀란 것이다.

반면 해랑은 산적이 사도련과 교류할 줄 몰랐기에 놀랐던 것.

그들은 잠시 의견을 나누었다.

중간에 한빈이 끼어들어 오해를 털어 내자 그들은 이내 눈을 크게 떴다.

해랑이 다급하게 물었다.

"그럼 이 배에 있던 내 수하들은 모른다는 말이오?"

"네, 그렇소이다."

마휘가 고개를 끄덕이자 해랑이 다시 말했다.

"꼭 찾아야 하오. 이 배를 책임지고 있었던 것은 내 딸이오."

"흠."

마휘는 무표정하게 수염을 쓰다듬었다.

다만 한빈은 눈을 가늘게 뜨며 해랑을 바라봤다.

생각해 보니 전생에 이런 비슷한 말을 들었던 것도 같았다.

정마대전이 일어나기 한참 전에 딸을 잃었다고 말이다.

그때의 사건과 지금의 상황이 똑같았다.

한빈은 눈을 감고 전생의 기억을 더듬어 봤다.

순간 한빈은 고개를 갸웃했다.

전생에 사도련주는 폐관 수련을 밥 먹듯이 했다.

항상 강호에 얼굴을 내비치지 않았으니 그가 실종되었는지 아니면 아무 일도 없었는지를 판단할 수 없었다.

그때였다.

마휘가 심각한 표정으로 말을 이었다.

"듣기로는 팽 대협도 우리 련주님과 같이 있었다고 합니다."

마휘의 말에 한빈이 미간을 좁혔다.

"지금 무슨 말씀을 하시는 겁니까?"

"공자의 형님도 우리 련주와 같이 있었다고 들었소이다. 무당산에서 만나 같이 하북으로 오신다는 말씀을……."

마휘가 설명을 이어 나가려 하자 한빈이 손을 들어 그의 말을 끊었다.

"더 설명하지 않으셔도 됩니다."

"그래도 마저 듣는 편이 좋지 않겠소?"

"일단 사람부터 찾는 것이 먼저 아니겠습니까?"

말을 마친 한빈은 자리에서 일어나 주변을 살피기 시작했다.

한빈은 천천히 뱃전으로 걸어갔다.

그 뒤를 백호가 졸졸 쫓았다.

나머지 사람들은 한빈의 뒷모습을 보며 기다렸다.

그때 해랑이 깜짝 놀라 마휘를 바라보며 말했다.

"녹림십팔채의 채주 중에 팽가가 있었습니까?"

"지금 무슨 말을 하는 거요?"

마휘가 황당하다는 듯 묻자 해랑이 다시 물었다.

"저 사람이 산적이니 그의 형도 산적이 아니겠소? 내 말이 틀렸소?"

"허."

마휘가 황당하다는 듯 한빈을 바라봤다.

그러고는 잠시 고민하다가 답했다.

"도적은 맞지만, 산적은 아니외다."

마휘는 그 말을 끝으로 입을 닫았다.

그는 자신의 말에 한 점 거짓이 없다고 천지신명께 맹세할 수 있었다.

사도련의 골수를 쭉쭉 뽑아 먹으니 그게 도적이 아니고 뭐겠는가?

해랑은 고개를 갸웃하다가 눈을 크게 떴다.

"그렇다면 해적?"

이 의문은 당연했다.

수적도 아니고 산적도 아니라면, 남은 도적은 해적밖에 없었다.

한빈의 무공을 보면 좀도둑은 아닐 테고 말이다.

해랑은 한숨을 쉬며 가슴을 쓸어내렸다.

"휴."

진심이 담긴 한숨 소리였다.

그 한숨에 마휘가 헛웃음을 터뜨렸다.

"허허. 지금 무슨 생각을 하는 건가?"

"그럼 당신도 해적이오?"

"아까 못 들었소?"

"듣기는 했으나, 다시 생각해 봐도……."

"나는 사도련의 마휘요. 그리고 저 사람은 하북팽가의 사공자. 그리고 저기 있는 사람은 산동악가의 악비광이오."

마휘는 사람들을 가리켰다.

사실 자신이 해적이란 오해만 받지 않았다면 마휘가 이렇게 그들의 진짜 신분을 밝히지 않았을 터였다.

해랑이 놀란 표정으로 물었다.

"그, 그럼 아까 말한 팽가가 하북팽가란 말이오? 거기에다가 산동악가까지……. 자, 잠시만, 마휘라면 혹시 익절선생?"

"사도련에 마휘란 이름을 쓰는 사람은 나 말고 없으니 맞을 것이오."

마휘는 해랑을 씁쓸한 듯 바라봤다.

상대의 신분도 모르고 여기까지 끌려온 것을 보면 한빈에게 당한 것이 분명했기 때문이다.

그때 해랑이 다시 물었다.

"그런데 아까 도적이라고 하신 건 무슨 말입니까?"

말투가 공손해진 해랑을 본 마휘가 다시 말을 이었다.

"좀도둑은 담장을 넘지만, 큰 도둑은 정문을 지나가는 법이오."

"그게 무슨……."

해랑은 더는 묻지 못했다.

마휘가 눈짓했기 때문이다. 그의 시선을 따라가 보니 한빈이 다시 자리로 돌아오고 있었다.

자리로 돌아온 한빈은 해랑을 바라봤다.

"어느 배가 더 빠릅니까?"

"그야 우리가 타고 온 배가……."

"그럼 다들 자리를 옮기시죠."

한빈은 다시 원래 타고 왔던 배로 넘어갔다.

휙.

동시에 나머지 이들도 몸을 날렸다.

휙.

마휘도 한빈이 타고 왔던 배로 몸을 날렸다.

자리를 옮긴 마휘가 건너편 배를 바라봤다.

그쪽에는 자신의 수하들이 아직 쓰러져 있었다.

그들을 두고 갈 수는 없는 법.

마휘가 한빈을 바라봤다.

"팽 공자!"

"잠시만 기다리시죠."

손바닥을 보인 한빈은 재빨리 해랑을 불렀다.

"최소 인원만 남기고 모두 저 배로 건너가라고 하십시오. 나머지 인원은 수로채로 돌아가서 대기하는 편이 좋을 겁니다."

"적이 만만치 않으니 저들을 데려가는 편이……."

"기척이 독특해서 적들에게 금방 발각될 겁니다."

한빈은 건너편 배를 가리켰다.

한빈이 말한 것은 사도련의 고수들을 말함이었다.

대화를 듣던 마휘는 어이가 없다는 표정으로 말했다.

"저들을 돌려보내면 어쩌자는 거요?"

"저들보다 몇 배 더 강한 고수를 눈 깜짝할 사이에 불러들일 방안이 있지 않습니까?"

한빈은 마휘를 바라보며 눈을 가늘게 떴다.

한빈이 바라보고 있는 것은 마휘의 허리.

그곳에는 주판 하나가 매달려 있었다.

마휘는 재빨리 주판을 옷으로 덮었다.

"혹시 이걸 아는 것이오?"

"판관필과 주판을 모른다면 어찌 익절선생을 안다고 할 수 있겠습니까?"

"흠."

마휘가 수염을 쓸어내렸다.

다른 이들은 둘의 대화가 궁금한지 고개를 쭉 내밀었다.

하지만 한빈은 더는 설명하지 않았다.

마치 선심이라도 쓴다는 표정으로 웃기만 할 뿐이었다.

익절선생 마휘는 그런 한빈을 바라보며 어색하게 웃었다.

"허허. 내 체면을 세워 준 점 고맙소이다."

"서로 돕고 살아야죠."

한빈도 마주 웃었다.

한빈은 저 주판을 전생에도 본 적이 있었다.

익절선생은 저 주판으로 사도련의 최고 무력대 넷을 반나절 만에 소환했다.

아마도 련주 혹은 익절선생 자신을 보호하기 위한 최후의 수단인 듯싶었다.

한빈은 해랑에게 앞을 가리키며 물었다.

"물길이 저기까지 이어집니까?"

"거기까지 이어지긴 하지만……."

해랑이 말끝을 흐리자 한빈이 재빨리 말했다.

"시간이 없으니 저기로 갑시다."

"저기에 내 수하들이 있단 말이오?"

"당신의 수하들은 모르겠지만, 내 형님이 있소."

"그, 그게 무슨 말이오? 나는 내 수하를 찾아야 하오."

"아마 모두가 한곳에 모여 있을 가능성이 큽니다. 내 형님과 사도련주 그리고 당신의 딸."

"지, 지금 뭐라 했소?"

"당신의 딸이라고 했습니다. 수하 중에 당신의 딸이 있었던 게 아니오?"

"그걸 어떻게……."

"익절선생에게 말하는 걸 들었습니다. 당신의 딸이 아직 돌아오지 않았다고!"

"허."

해랑이 한숨을 내쉬자 한빈이 다시 앞을 가리켰다.

"어서 갑시다."

"알겠소. 그런데 저곳에 당신의 형이 있다는 건 확실하오?"

"확실합니다."

고개를 끄덕인 한빈은 고개를 돌려 백호를 바라봤다.

한빈은 백호에게 팽혁빈이 준 가죽 주머니의 냄새를 맡게 했다.

영물인 백호가 그 냄새를 추적할 수 있지 않을까 하는 생각에서였다.

놀랍게도 백호는 희미하지만 팽혁빈의 체취를 느꼈다.

그 체취가 느껴지는 곳이 바로 한빈이 가리킨 방향이었다.

두 시진 후.

배는 바람을 타고 끝없이 강을 따라 나아갔다.

한빈은 뱃전에 서서 계속 백호를 바라봤다.

혹시라도 중간에 방향을 바꿔야 할지 몰라서였다.

그때였다.

한빈의 앞에 기괴한 암석이 들어왔다.

순간 한빈은 눈을 가늘게 떴다.

잠시 생각에 잠긴 한빈은 재빨리 해랑에게 외쳤다.

"돛을 내리고 멈추십시오!"

그 말에 해랑은 수하들에게 지시를 내렸다.

해랑의 지시에 수하들이 돛을 내렸다.

배는 얼마 안 가 멈춘 채 강물에 둥실거렸다.

해랑은 한빈의 부탁을 들어줬지만, 이해할 수 없었다.

그는 조심스러운 표정으로 한빈에게 물었다.

"왜 멈추라고 한 것이오?"

"저곳은 지날 수 없습니다."

한빈이 어딘가를 가리켰다.

지금 한빈이 가리키는 곳엔 암석이 삐죽 튀어나와 있었다.

그것을 본 해랑이 말했다.

"저긴 용마루가 아니오? 물살이 거친 곳이기는 하지만, 그리 걱정할 필요는 없다오."

"그게 문제가 아닙니다."

"그럼 대체 뭐가 문제요? 지금 한시가 급한 상황이 아니오?"

"잘 들어 보십시오."

한빈이 앞을 가리키자 해랑은 귀를 쫑긋 세웠다.

귀 기울이던 해랑은 눈을 크게 떴다.

"저건 강물 소리가 아니라……. 인기척 아니오? 저곳에는 나루터가 없을 텐데."

해랑은 이해가 안 된다는 듯 고개를 가로저었다.

그 말에 한빈이 말을 이었다.

"갑자기 생긴 나루터라면 딱 한 가지 가능성밖에 없죠."

"가능성이라면……."

"관군입니다."

"그게 무슨 말이오? 관군이라니?"

해랑이 눈을 크게 뜨자 한빈이 다시 말을 이었다.

"이번 사건과 관군이 연관되어 있을 가능성이 있단 말입니다."

"대체 관군이 왜?"

"관군이 수적을 체포하는 건 당연한 일 아닌가요?"

"아니오. 내 수하들은 철저히 위장하고 있었소. 거기에 당신의 형과 사도련의 련주까지 없어지지 않았소."

"그렇죠. 그러니 제 생각에는 관군으로 위장한 적이 아닐까 싶습니다. 하지만 만약에 진짜 관군이라면……."

한빈은 말끝을 흐리며 용마루를 바라봤다.

순간 옆에서 한빈을 바라보던 악비광은 앞으로의 험난한 여정을 예감한 듯 한숨을 내쉬었다.

"휴."

이것은 진심이 담긴 한숨이었다.

저런 눈빛을 할 때면 항상 큰 사건이 일어났으니 걱정이 안 될 수가 없었다.

하지만 말릴 수는 없는 법이었다.

한빈은 조용히 해랑을 바라봤다.

"작은 배를 준비하시지요."

"좋소."

해랑은 재빨리 수하들에게 수신호를 보냈다.

수하들은 조그만 배 한 척을 아래로 내렸다.

해랑이 아래쪽의 배를 확인하고는 말했다.

"준비됐습니다."

"그럼 먼저 가시지요."

한빈이 손짓하자 해랑이 밧줄을 잡더니 미끄러지듯 자그마한 배에 내려앉았다.

한빈은 힐끔 뒤쪽을 바라봤다.

그곳에는 악비광이 불만 가득한 표정으로 입을 쑥 내밀고 있었다.

한빈이 턱짓하자 악비광이 참지 못하겠다는 듯 말했다.

"대체 뭐 하시려는 겁니까? 형님."

"은밀하게 가야 할 것 같거든."

"좀 불안한데요."

악비광의 말은 진심이었다.

만약 상대가 진짜 관군이라면 문제가 심각해진다.

차라리 이곳에서 벗어나 금의위의 강유찬과 상의하는 것이 맞았다.

잘못해서 관군을 공격했다가는 싸움에서 이겨도 반역도로 몰려서 멸문할 수도 있었다.

악비광이 망설이자 한빈이 다시 말을 이었다.

"불안하면 여기 남아도 되고."

"누가 안 간다고 합니까."

악비광이 불안한 표정으로 한빈을 쳐다봤다.

한빈은 아무렇지 않게 고개를 돌려 마원을 바라봤다.

시선을 받은 마원이 날듯이 갑판 위에서 뛰어내렸다.

그러고는 자그마한 배 위에 새처럼 날아서 앉았다.

순간 모두의 눈이 휘둥그레졌다.

얼마나 사뿐히 내려앉았으면 자그만 배 주변에 파장이 전혀 일지 않았다.

한빈이 이번에는 마휘를 바라봤다.

"안 타시면 후회할 겁니다."

"흠."

턱수염을 쓸어내린 익절선생 마휘는 할 수 없다는 듯 밧줄을 타고 내려왔다.

사실 익절선생 마휘도 불안한 마음을 가지고 있었다.

만약 상대가 관군이라면 바로 달려드는 것은 무모한 일이기 때문이었다.

그 뒤 한빈도 자그만 배에 내려앉았다.

한빈이 내려앉자 백호가 펄쩍하고 뛰었다.

물론 마지막으로 남은 선원 둘도 자그마한 배로 옮겨 탔다.

이제 남은 것은 악비광 하나였다.

악비광은 한숨을 푹 쉬었다.

"에라, 모르겠다!"

마지막으로 악비광을 태운 작은 배는 조용히 용마루를 향해 나아갔다.

작은 배가 도착한 곳은 툭 튀어나온 암석이 있는 곳이었다.

바로 용마루의 꼬리 부분이었다.

배를 암석 가까이에 댄 해랑은 작은 목소리로 속삭였다.

"용마루의 저곳이 반대편으로 통하는 통로입니다."

"알겠습니다."

고개를 끄덕인 한빈은 앞장서서 해랑이 말한 곳으로 걸어 갔다.

해랑의 말대로 그 암석 사이에는 조그만 통로가 있었다.

한빈은 그 사이를 지나 주변을 살폈다.

주변을 살피던 한빈의 눈이 커졌다.

주둔해 있는 병사들의 규모 때문이었다.

이건 마치 전쟁이라도 벌이려는 듯 보였다.

잠입

한빈은 조용히 턱을 어루만지며 생각에 빠졌다.

그 모습에 악비광도 눈을 가늘게 떴다.

"형님, 이게 무슨 일인지 모르겠습니다. 여긴 변방도 아니지 않습니까?"

"내 생각도 똑같다. 아무리 생각해도 이곳에 진지를 구축해 놨다는 게 이해가 되지 않는구나."

"혹시 도적 떼가 변장한 건 아닐까요?"

"그건 아닌 것 같아. 복장만 봐도 정규군이 분명하다. 저 많은 병사의 복장을 바꾸려면 배보다 배꼽이 더 클 수도……."

"그럼 혹시 현비 마마의 호위 때문에 병사들을 모아 놓은 것은 아닐까요?"

악비광이 다시 묻자 한빈이 손을 저었다.

"호위라면 이렇게 많은 병사보다는 고수 몇 명이 유리하지. 대충 세어 봐도 막사의 숫자만 오백여 정도 돼 보이는구나. 막사 하나에 스무 명 정도가 들어가니 만 명은 되는 병력이다. 많이 잡으면 거기에 삼 할을 더해야 하니, 만 명에서 만삼천 명 정도가 투입되었다고 봐야지."

"형님은 꼭 전쟁을 겪어 본 사람 같습니다."

"겪어 봤지."

"진짜입니까?"

"농담이다. 그건 그렇고 진영을 확인했으니 일단 여기서 빠져나가는 것이 좋겠구나."

"강 쪽이 가장 허술할 것 같은데 어딜 가십니까? 일단 저 앞의 세 놈은 제가 처리하겠습니다."

악비광이 창을 움켜쥐고 자리에서 일어났다.

한빈은 악비광의 소매를 잽싸게 잡아끌었다.

"일단 앉아라."

"저곳에 우리가 찾는 사람들이 갇혀 있는 게 아닙니까? 그렇다면 당장 가서 구해야지 뭘 꾸물거리십니까? 저를 못 믿으십니까?"

악비광이 자신의 가슴을 쿵쿵 두드리며 눈을 빛냈다.

자신이 앞장서겠다며 전의를 불태우는 그 모습에, 한빈이 피식 웃었다.

"일단 목적부터 정해야 할 것 같다. 우리가 원하는 게 전쟁이냐?"

"전쟁이라니, 그게 무슨 말씀입니까?"

"일단 저들 사이로 스며들어야겠지. 경비가 저리 촘촘한데 괜히 건드렸다가는 벌집을 쑤신 꼴이 되기 십상일 테지."

"그럼 어떻게 합니까?"

"일단 나를 따라와라."

한빈은 자리에서 일어나 손으로 어딘가를 가리켰다.

그곳에는 절벽이 있었다.

반 시진 후.

한빈 일행은 숨을 몰아쉬고 있었다.

그들은 용마루를 맨손으로 올랐다.

한빈은 가장 먼저 정상에 올라 어디론가 사라졌고 그 뒤를 마원과 악비광이 올라 주위를 경계했다.

얼마 안 가 그들은 모두 정상에 오를 수 있었다.

그들 중 가장 힘들어하는 것은 다름 아닌 해랑이었다.

"아이고, 이러다가 죽겠소이다."

"나도 멀쩡한데 팔팔한 채주가 왜 이리 엄살이오! 노를 저어 봤으면 이 정도는 일도 아닐 텐데⋯⋯."

익절선생 마휘가 소리치자 해랑이 어깨를 툭툭 두드리며 어이가 없다는 듯 말을 이었다.

"노 젓는 근육과 산을 오르는 근육이 같습니까? 수적이 쓰는 힘과 산적이 쓰는 힘 자체가 다른데 어찌 그리 모르십니까?"

"지금 나한테 시비 거는 것이오?"

마휘가 눈을 가늘게 뜨자 해랑이 뒷걸음쳤다.

"제 밥줄 끊길 일 있습니까? 감히 익절선생께 대들다니요."

"그럼 팽 공자가 하는 일에 따르시오."

"흠, 그런데 저 사람이 진짜 정파 사람입니까?"

해랑이 한빈이 사라진 수풀 속을 가리켰다.

사실 해랑은 아직도 한빈이 하북팽가 사람이라는 것을 믿지 못하고 있었다.

용마루를 오를 때도 도움을 주지 말라고 신신당부했다.

그 때문에 해랑과 그의 수하는 죽을 고비를 넘겨야 했다.

한빈이 그리 지시한 이유는 간단했다.

이렇게 간단한 암벽도 못 오른다면 일행의 짐이 된다는 논리였다.

이게 어찌 정파 사람에게서 나올 소리인가?

아무리 봐도 사파에 가까웠다.

거기에 익절선생까지 그를 인정하는 것을 보면 아무래도 모두가 자신을 속이는 듯싶었다.

이것이 해랑이 내린 결론이었다.

그때 익절선생이 다시 말을 이었다.

"정파인지는 모르겠지만, 하북팽가의 사 공자는 맞소."

"아무래도 성격이……."

"그 성격은 나도 이상하다고 생각하오. 재미있는 것은 하북에서는 생불로 불린다는 점이오."

"네? 생불이라고요? 아수라의 가면을 쓴 부처겠지요."

"목소리가 너무 크오. 그러다가 듣겠소."

익절선생이 고개를 흔들자 해랑이 한숨을 내쉬었다.

"들어도 관계없습니다."

해랑이 이마에 팔자주름을 만들었다.

그때 뒤쪽에서 목소리가 들려왔다.

"제가 마음에 안 들면 빠지셔도 관계없습니다."

깜짝 놀란 해랑이 고개를 돌렸다.

그곳에는 한빈이 사람 좋은 얼굴로 웃고 있었다.

한빈은 검지로 어딘가를 가리켰다.

바로 용마루 아래였다.

그 모습에 해랑이 깜짝 놀라 손을 저었다.

"아이고, 왜 그러시오?"

"제 계획이 마음에 안 들면 언제든 돌아가십시오. 지금 아래로 내려보내 드릴까요?"

한빈이 다시 한번 아래를 가리켰다.

물결이 요동치는 강바닥은 수적인 해랑이 보기에도 두려
웠다.

물론 무서운 것은 물이 아니었다.

여기서 다시 내려가라고 하면 중간에 힘이 빠져 암석 위로
떨어질 것이 뻔했다.

즉 죽으라는 것과 마찬가지.

해랑의 표정을 본 한빈이 조용히 앞을 가리켰다.

한빈은 백호와 함께 아무렇지 않게 경사진 비탈길을 내려
갔다.

비탈길을 내려간 한빈은 손을 들어 모두에게 신호를 보냈
다.

스무 걸음만 더 걸어가면 아래에는 정상적인 길이 나 있었
다.

그때 수레바퀴 소리가 멀리서 들려왔다.

덜거덕. 덜거덕.

그 소리에 한빈이 나지막이 말을 이었다.

"이제부터 저 마차를 털 겁니다."

"네?"

악비광이 깜짝 놀라 눈을 크게 뜨자 한빈이 말을 이었다.

"지금부터 주의 사항을 간단히 말하겠습니다. 첫째, 자신

의 본래 무공을 절대로 쓰지 말 것. 둘째, 자신의 신분을 들키지 말 것. 딱 두 가지입니다."

말을 마친 한빈은 이들을 하나씩 살폈다.

가장 먼저 고개를 끄덕인 이는 익절선생 마휘였다.

그는 무슨 말인지 바로 이해한 듯 고개를 끄덕이며 답했다.

"알았네. 나도 자네의 의견에 동의하는 바이네."

"역시 익절선생이십니다. 그럼 판관필은 잠시 이곳에 묻어 두시죠."

한빈이 바위를 가리키자 익절선생이 그 아래에 판관필을 박아 넣었다.

이번에는 마원이 창을 바위 아래 꽂았다.

그들의 모습에 악비광이 이해가 안 된다는 표정으로 물었다.

"대체 왜 이러십니까?"

"상대의 목을 칠 수도 있다네."

"그야 당연한 일 아닙니까?"

"자네가 겨누는 창날이 황제 폐하가 될 수도 있다는 뜻일세."

"그게 무슨 말씀입니까?"

"관군에 대항하는 것은 황제 폐하를 향해 칼을 들이대는 것이라는 말일세."

"그야……."

"이유야 어찌 되었든 똑같네."

익절선생은 단호한 표정으로 어딘가를 바라봤다.

그는 한빈이 생각한 계획을 대충 알 것 같았다.

그때였다.

한빈이 재빨리 앞쪽을 가리켰다.

"다들 준비하십시오."

"보급로를 끊으려고 하시는 겁니까?"

악비광이 묻자 한빈은 씩 웃었다.

"우리가 저자들 대신 저 수레를 가지고 안으로 들어가려고 하는 것이다."

"그럼……."

"우리가 보급품을 가지고 가야겠지."

"원래 이런 계획이셨습니까?"

"아까 얼핏 군영을 살펴보니 군량미를 보관할 창고가 없더구나. 그러니 열흘에 한 번 정도는 어디선가 보급을 받겠지. 우린 운이 좋게도 그 행렬을 만난 것이고……."

한빈이 씩 웃으며 멀리서 다가오는 수레를 가리켰다.

여러 대의 수레가 그들 쪽으로 다가왔다.

덜그럭. 덜그럭.

수레는 하나같이 표국의 깃발을 달고 있었다.

깃발을 보아하니, 호남과 섬서 사이에 기반을 잡은 운중 표국이었다.

표국의 이름을 본 한빈은 만월을 다시 품에 넣었다.

한빈이 알기로는 '운중 표국'에는 그리 눈에 띄는 고수가 없었다.

그래서 계획을 바꾼 것이다.

만월을 넣은 한빈은 대신에 은침을 한 움큼 쥐었다.

"셋, 둘, 하나!"

마지막 숫자를 센 한빈이 아래쪽으로 뛰어내리며 손을 뻗었다.

'백발백중!'

남들에게는 자신의 무공을 쓰지 말라고 당부했지만, 한빈은 거리낌 없이 용린검법의 수법으로 은침을 날렸다.

용린검법을 알아보는 사람이 강호에 없기에 가능한 일이었다.

날아가는 은침의 궤적 혹은 깊이를 보고 초식을 알아볼 수 있는 사람은 강호에 아무도 없었다.

순간 한빈의 손에서 수많은 은침이 쏟아져 나갔다.

은침은 한 치의 오차도 없이 마부들의 관자놀이에 박혔다.

순간 마부들은 똑같이 정신을 잃고 쓰러졌다.

마부들이 쓰러지자 행렬에는 소동이 일어났다.

표두들이 검을 뽑아 들 기세로 주변을 경계했다.

하지만 정작 검을 뽑아 든 표두는 아무도 없었다.

한빈이 다시 한번 은침을 날렸기 때문이다.

휙!

수십 개의 은침이 이번에는 표두와 표사 들의 관자놀이에 박혔다.

뒤따라오던 이들은 멍하니 그 광경을 바라봤다.

그중 가장 놀란 것은 해랑이었다.

사실 나머지 인물들은 한빈의 무위에 대해서 어느 정도 알고 있었다.

하지만 해랑은 한빈이 이 정도일 것이라고는 생각지도 못했다.

그는 자신도 모르게 입을 딱 벌렸다.

이곳에서 격전이 벌어질 것이라고 예상하고 마음의 준비를 했던 그였다.

그런데 눈 깜짝할 사이에 모든 일이 끝났다.

거기에 암기가 박힌 위치는 정확히 마부의 관자놀이.

누가 봐도 단번에 숨통을 끊은 것이다.

해랑은 한빈이 자신과 싸웠을 때 사정을 봐줬다는 것을 그제야 깨달았다.

해랑이 조용히 한빈에게 다가가 말했다.

"시체는 제가 치우겠습니다."

"시체라니요?"

"마부들과 표사들 말입니다."

"그들은 죽지 않았습니다. 잠시 혼혈을 눌러 놨을 뿐입니다."

"그게 무슨……."

해랑은 말을 잇지 못했다.

한빈이 표두 중 하나의 관자놀이에서 은침을 뽑았기 때문이었다.

그러고는 나지막한 목소리로 물었다.

"암어는?"

덜거덕.

여러 대의 수레가 거대한 병영의 입구에 멈췄다.

사람만 바뀌었지, 수레는 그대로였다.

해랑은 가장 뒤쪽에서 마부 행세를 하고 있었다.

그를 뒤쪽에 놓은 것은 표정 관리가 되지 않았기 때문이었다.

해랑은 이번 일로 상당히 놀란 것 같았다.

그를 가장 혼란스럽게 만드는 것은 바로 한빈의 정체였다.

처음에는 천수장의 장주라는 것을 믿지 않았으나.

신묘한 침술에 그것을 믿지 않을 수 없었다.

그가 신묘하다고 하는 이유는 동시에 여러 명의 혼혈을 제압했기 때문이 아니었다.

바로 마부의 혼혈을 제압하며 말까지도 꼼짝 못 하게 묶어놨기 때문이었다.

세상에 짐승의 혈도를 아는 자가 몇이나 있을까?

만약 말이 놀라 움직였다면 아마도 이렇게 은밀하게 일을 마무리 짓지 못했을 것이다.

그때였다.

병영의 입구에 있는 병사가 큰 소리로 외쳤다.

"청룡!"

"백호!"

가장 앞에 있던 한빈이 답하자 병사들이 입구를 열었다.

모두는 안도의 한숨을 내쉬었다.

수레 안쪽에 숨어 있던 백호는 자신을 부르는 것이 아닌가 하고 고개를 빼꼼 내밀었다.

그 모습을 보던 악비광이 백호의 머리를 살짝 밀어 넣었다.

그때였다.

군관 하나가 한빈의 앞에 다가왔다.

그러고는 조용히 자신의 소매를 걷었다.

그곳에는 자그마한 용 문양이 새겨져 있었다.

그 군관은 한빈의 소매를 바라보며 눈짓했다.

순간 악비광과 마원도 서로를 바라보며 눈짓했다.

아무리 봐도 숨겨진 다른 암어가 있는 듯 보여서였다.

만약에 그들이 원하는 문양을 보여 주지 못한다면 여기서 발각될 것이 분명했다.

그렇게 되면 조용히 단서를 얻는 일은 물 건너갈 터.

모두가 숨을 죽이고 있을 때 아무렇지 않게 한빈이 소매를 걷었다.

소매를 걷어붙인 한빈은 아무렇지 않게 상대에게 자신의 팔뚝을 내밀었다.

그 광경을 바라보던 악비광과 마원은 자신도 모르게 검집을 잡았다.

한빈의 팔뚝에는 아무런 표식이 없었기 때문이다.

상대가 자신의 문양을 보여 준 것은 확인을 위해서가 분명할 터.

하지만 한빈의 팔뚝에는 그 어떤 표식도 없었다.

일전에 이루어 낸 환골탈태 덕분에 그 흔한 상처 또한 존재하지 않았다.

한빈의 몸만 보면 방에 틀어박혀서 글만 읽는 서생으로 착각할 정도였다.

한빈의 팔뚝을 본 군관이 희미하게 웃었다.

"평범한 표사가 분명하군."

"그게 무슨 말씀입니까? 나리."

한빈이 군관을 향해서 물었다.

군관이 눈을 반짝이며 손을 들었다.

"너는 알 것 없다. 빨리 보급품을 제자리로 갖다 놓아라."

말을 마친 군관은 손을 들었다.

그의 표시에 뒤쪽을 막고 있던 병사들이 길을 텄다.

한빈은 아무렇지 않게 천천히 길을 지나갔다.

병영 안쪽으로 들어오자 악비광이 낮은 목소리로 물었다.

"대체 어떻게 된 겁니까? 형님."

"아마도 표국이 아닌 다른 쪽에서 온 건 아닌가 확인한 것이 아닌가 싶구나. 그자의 문양 말이다."

"그 문양이 왜요?"

"황궁 호위의 문양이다."

"네?"

악비광이 눈을 크게 떴다.

그도 그럴 것이, 황궁의 일이라면 한빈보다 자신이 더 잘 안다고 자부하는 악비광이었다.

그런데 한빈의 입에서 나온 것은 한 번도 듣지 못한 정보였다.

악비광이 이해가 안 된다는 듯 눈을 끔뻑이자, 한빈이 다시 말을 이었다.

"그 문양을 알아봤다면 아마도 우리를 죽이려 했을 것이야."

"그걸 알고 자신 있게 소매를 걷어 올리신 겁니까?"

"아까 표국 사람들의 팔뚝을 확인해 보니 그 어떤 증표도 없더라고."

"아!"

악비광은 탄성을 터뜨렸다.

그 정신 없는 상황에서도 표국 사람들의 소매를 걷어 표식을 확인한 한빈이 존경스러웠기 때문이다.

악비광은 주변을 바라봤다.

해랑이나 그의 수하 모두 완벽하게 변장을 하고 있었다.

그 변장 또한 한빈이 해 준 것이었다.

악비광은 감탄하는 동시에 살짝 어깨를 떨었다.

한빈의 숨겨진 재능을 하나씩 발견할 때마다 기쁨보다는 두려움이 느껴졌기 때문이다.

가끔은 절호곡에서 미친 듯이 자신과 겨루던 그때의 한빈이 맞나 하는 의심마저 들었다.

그도 그럴 것이 그때와 비교하면 한빈의 무공과 외모는 모두 달라져 있었다.

그것도 잠시, 악비광은 자신도 모르게 입꼬리를 올렸다.

한빈의 변화를 아는 자들이 꽤 많다지만, 아직도 강호 전역에는 알려지지 않았다.

정확히 말하면 한빈의 본모습에 대해서 아는 자보다 모르는 자가 더 많았다.

오죽하면 아직도 하북 지역 최고의 겁쟁이라는 말이 떠돌

겠는가!

악비광의 웃음에 한빈이 물었다.

"왜 그리 웃지?"

"그냥 옛날 생각이 나서 그럽니다."

그때였다.

앞에서 안내하던 병사가 손을 들어 올렸다.

"멈추시오. 이곳 막사에 보급품을 채워 넣으시면 되오."

"알겠습니다."

한빈이 병사를 향해 정중히 허리를 숙였다.

병사는 자신의 임무는 끝났다는 듯 몸을 돌렸다.

주변을 둘러보던 한빈은 눈을 가늘게 뜨고 입맛을 다셨다.

그 모습에 악비광이 물었다.

"무슨 일입니까? 꼭 황금이라도 발견한 눈빛입니다."

"황금보다 더 값나가는 물건이 있을 수도……."

"그게 뭡니까?"

"그건 차차 알아봐야지."

말을 마친 한빈은 조용히 고개를 돌려 제법 견고하게 지어진 창고를 확인했다.

만 명이 넘는 군사들의 보급 창고로는 보이지 않았다.

하지만 지금 들고 온 미곡 정도라면 담아 둘 수 있는 창고였다.

그런데 미곡은 막사에 두고 저 창고는 비워 둔다고?

한빈은 그들의 의도를 이해할 수 없었다.

곡식이 없다면 저 안에 들어 있는 것은 무엇일까?

그때였다.

뒤쪽에서 악비광의 목소리가 들려왔다.

"형님, 그렇게 멍하니 계시면 어떻게 합니까?"

쌀이 가득 든 포대를 든 악비광이 묻자 한빈이 답했다.

"원래 책임자는 움직이는 게 아니잖아."

한빈이 당연하다는 듯 말했다.

그 말에 나머지 사람들은 쉴 틈 없이 움직였다.

딱 반 시진이 지나자 수레의 바닥이 드러나기 시작했다.

모두 악비광과 마원의 활약 덕분이었다.

둘은 일당백의 힘으로 눈 깜짝할 사이에 수레를 비웠다.

이제는 자잘한 물건만 남은 상태.

한빈이 나지막한 목소리로 말했다.

"그만!"

"형님, 다 끝났는데 왜 그러십니까?"

"일찍 끝나면 우릴 내보낼 것이 아니냐?"

"흠, 맞네요. 생각해 봤더니 우리한테는 밥도 안 줬잖습니까. 그런데 이건 무슨 냄새죠?"

고개를 갸웃한 악비광이 코를 실룩이며 어딘가를 바라봤다.

악비광이 바라보는 곳에는 병사들이 배급을 받기 위해 줄을 서 있었다.

아직 음식이 완성되지는 않았지만, 배고픔에 지친 병사들은 침을 삼키며 발을 동동 구르고 있었다.

악비광의 표정이 일그러졌다.

푸대접을 받고 있다는 생각이 들어서였다.

그때 한빈이 물었다.

"간식이라도 줄까?"

"남은 육포라도 있습니까?"

"천수장에서 가져온 무말랭이는 조금 남았는데…….

"전 괜찮습니다."

악비광은 뒷걸음치며 어깨를 떨었다.

한빈이 말한 것은 천수장의 명물인 극양지기를 품은 무말랭이였다.

기운을 북돋는 데는 천수장의 무말랭이가 최고였다.

하지만 그 맛이 문제였다.

이건 도저히 사람이 먹을 수 있는 음식이 아니었다.

사실 처음 만든 무말랭이는 먹을 만했다.

문제가 되는 것은 두어 달 지난 무말랭이였다.

물론 상한 것은 아니었다.

하지만 입 속에 넣고 나면 묘한 냄새를 풍기는 바람에 악비광은 근처에도 가지 않는다.

지금 한빈이 꺼낸 것은 적어도 세 달은 지난 무말랭이가 분명했다.

물론 악비광은 모르는 사정이 있었다.

시간이 가면 갈수록 냄새가 이상해지는 이유는 무말랭이가 탁기를 흡수하기 때문이었다.

그 탁기는 대단한 것이 아니었다.

악비광의 몸속에 있는 탁기에 비하면 한 톨도 안 되는 크기였다.

그것이 밖으로 드러나자 냄새를 풍기게 되는 것.

한빈은 고개를 돌려 막사 쪽을 바라봤다.

백호가 머리를 빼꼼 내밀었다.

한빈은 무말랭이를 조용히 막사 안쪽에 던졌다.

막사 안쪽에 숨어 있던 백호가 펄쩍 뛰어오르더니 무말랭이를 받아먹었다.

얼마나 맛있게 먹는지 보고 있던 해랑이 손을 내밀었다.

나머지 사람들은 고개를 갸웃했다.

악비광은 치를 떨었고 백호는 맛있게 받아먹었다.

과연 누구의 말을 믿어야 할지 몰랐다.

그때 사람들의 배 속에서 꼬르륵 소리가 났다.

가장 크게 울린 것은 해랑의 배 속이었다.

해랑이 손을 내밀었다.

"저도 하나 주시오, 팽 소협."

"드릴까요? 공짜는 아닌데 괜찮겠습니까?"

"일단 줘 보시오. 장터에 가도 맛보기라는 게 있지 않소."

"그럼 하나 드시지요. 그런데 이걸 다 못 드시면 값을 내야 할 겁니다."

한빈이 웃자 해랑은 멈칫했다.

그 모습에 한빈이 무말랭이를 입 속에 넣고 씹었다.

해랑은 그제야 자신도 무말랭이를 먹기 시작했다.

그것도 잠시, 해랑의 표정이 창백하게 바뀌었다.

옆에 있던 악비광은 그럴 줄 알았다는 표정으로 고개를 절레절레 흔들었다.

한빈이 물었다.

"괜찮으십니까?"

"도, 도저히 못 먹겠소."

해랑이 손을 휘휘 젓자 한빈이 환약 하나를 내밀었다.

"이걸 같이 드시지요."

"아, 알았소."

환약을 삼킨 해랑의 표정이 밝아졌다.

해랑은 이해가 안 된다는 듯 한빈을 바라봤다.

환약과 먹자 무말랭이가 마치 황궁의 진수성찬처럼 맛있게 느껴졌다.

"대체 이것이 무엇입니까?"

"독약입니다."

"헉."

깜짝 놀란 해랑이 검지를 자신의 입 속에 넣었다.

하지만 이미 식도를 넘어간 환약을 찾을 수는 없었다.

그 모습에 한빈이 말했다.

"제가 준 무말랭이는 극양지기를 품은 영초에 가깝습니다. 그리고 그 독약은 음기를 띤 음양초입니다. 둘을 섞어 먹으면 양기가 죽지요."

"그럼 난 괜찮다는 겁니까?"

"둘을 섞어 먹었을 때는 괜찮지만, 음양초를 그냥 먹게 되면……."

한빈은 말끝을 흐렸다.

그 모습에 해랑이 재빨리 물었다.

"어떻게 되오?"

"한 시진 뒤에 직접 확인하시죠."

말을 마친 한빈은 휘적휘적 어디론가 걸어갔다.

한빈이 향한 곳은 병사들을 위해 밥을 짓고 있는 곳이었다.

천천히 그곳으로 걸어가던 한빈을 병사가 잡았다.

"어딜 가시오?"

"잠시 뒷간에 다녀오려고 하오."

"흠, 어서 갔다 오시오."

병사가 마지못해 통과시키자, 한빈은 수풀 속으로 사라졌다.

수풀 속으로 사라졌던 한빈은 배식을 받기 위해 서 있던 병사들 근처에 나타났다.

물론 한빈의 기척을 이상하게 느낀 병사들은 없었다.

바로 한빈이 사용한 반박귀진 수법 때문이었다.

한빈은 원래 있었던 일꾼처럼 가마솥 주변을 돌며 물건을 옮기더니 다시 돌아왔다.

"다 끝났군."

한빈이 손을 툭툭 털었다.

한 시진 후.

한빈은 악비광에게 말했다.

"이제 슬슬 마무리를 지어야 할 것 같네."

"알겠습니다."

"참, 뒷간은 미리 가 두는 것이 좋을 것 같아."

"뒷간이요?"

"아, 생각해 보니 늦은 것도 같고."

한빈이 어딘가를 바라봤다.

병사들이 어딘가를 향해서 줄을 서 있었다.

이전에 배식을 받던 그 줄처럼 길게 늘어서 있었다.

막사까지 배정받고 군영에서 하룻밤을 나게 되었다.

병영 내부는 비명이 끊이질 않았다.

속이 안 좋은지 배를 움켜쥐고 뒷간에 줄을 선 병사들 때문이었다.

급한 병사는 강가로 달려가 볼일을 보기도 했다.

소란이 커지자 악비광이 걱정스러운 눈으로 물었다.

"벌집을 쑤셔 놓은 게 아닙니까? 이래서야 은밀하게 이곳을 정찰하는 게 불가능하지 않겠습니까?"

"왜 은밀해야 하는데?"

"그야, 이곳에 잡혀 있는 사람들을 찾기 위해서는……."

"솔직히 조용한 곳보다는 시끌벅적한 곳이 활동하기 좋잖아."

"그게 무슨 말……."

악비광은 말을 잇지 못했다.

누군가 막사 안으로 들어왔기 때문이다.

달빛에 비친 신형을 보니 무장을 해제한 병사였다.

아무리 봐도 이곳을 뒷간으로 착각하고 온 것 같았다.

악비광은 다급하게 그를 밀어 냈다.

그 모습에 한빈이 말했다.

"이제 슬슬 나가 볼까?"

"준비하겠습니다."

"준비하지 마."

"네?"

"편안한 복장으로……. 그냥 급한 것처럼 돌아다니면 돼."

말을 마친 한빈은 조용히 막사 밖으로 빠져나갔다.

한빈의 뒤를 따라나선 악비광은 입을 크게 벌렸다.

바로 아비규환이 된 병영의 모습 때문이었다.

병사들의 상태는 낮보다 더 심해져 있었다.

그들은 볼일을 보기 위해서 눈에 불을 켜고 돌아다니는 중이었다.

그때 한빈이 작은 목소리로 말했다.

"비광아, 발아래 조심."

"헉."

악비광이 재빨리 뒷걸음쳤다.

그때 마원이 말했다.

"악 소협, 뒤도 조심하시오."

"헉."

악비광은 다급하게 입을 막았다.

주변에서 풍기는 향기 때문이었다.

한빈은 재빨리 그들에게 수색해야 할 곳을 지정해 주었다.

각자 맡은 구역을 확인시킨 한빈은 낙엽 밟는 소리만 남긴 채 사라졌다.

사사삭.

한빈이 사라지자 악비광은 작은 목소리로 말했다.

"악마!"

"하하."

마원이 기분 좋게 웃자 악비광이 물었다.

"동의하시오? 마 형."

"동의합니다. 나는 피 칠갑을 하면서 이곳을 쑥대밭으로 만들 줄 알았지, 이런 방법으로 이곳을 난장판으로 만들 줄을 몰랐소이다."

❦

한빈은 숨을 죽이고 전각 위에 올라섰다.

아수라장이 된 상황에서도 수상한 임시 창고를 지키는 병사들은 자리를 뜨지 않았다.

그들은 음양초가 든 음식을 먹지 않은 것이 분명했다.

그렇다면 그들은 일반 병사가 아닐 가능성이 컸다.

아마도 문신을 한 군관과 같은 조직에 있는 자일 것.

한빈은 일단 그들의 눈을 피하는 데 온 신경을 썼다.

이 앞을 지키는 병사들까지 사라지면 아마도 이곳에는 비상이 걸릴 것이다.

그것은 한빈이 원하는 바가 아니었다.

최소한 이곳의 비밀을 밝히기 전에는 정체가 들통나서는 안 되었다.

한빈은 만월을 들어 지붕을 도려냈다.

서걱.

빈틈으로 몸을 넣은 한빈은 수상한 창고 안으로 조용히 들어갔다.

창고로 들어간 한빈은 코를 실룩였다.

순간 한빈의 표정이 미묘하게 변했다.

지금 창고에 있는 것은 수백 근의 진천뢰.

필시 전쟁을 준비하는 것이 맞았다.

이상한 것은 상자에 든 진천뢰에 심지가 붙어 있다는 점이었다.

심지를 꽂아 놨다는 것은 언제라도 쓸 수 있도록 준비를 해 놨다는 것.

한빈은 이 상황이 조금 이해되지 않았다.

어떤 병사들도 미리 심지를 꽂아 놓지는 않을 것이다.

심지를 꽂아 놓으면 터질 확률도 그만큼 높기 때문이었다.

더 황당한 것은 상자 밖으로 심지를 이어 놨다는 것이다.

그 심지는 하나로 묶여 있었다.

"여기서 진천뢰를 터뜨린다고?"

대체 왜?

한빈은 재빨리 전생의 기억을 뒤적였다.

혹시?

한빈은 눈을 가늘게 떴다.

하나의 가능성을 떠올린 것이다.

"혹시 반란?"

한빈은 잠시 눈을 감고 전생의 기억을 다시 더듬었다.

그것도 잠시, 한빈은 고개를 저었다.

전생의 기억에서 반란이 일어난 적은 없었다.

"그래도 대비는 해 놔야겠지!"

혼잣말을 뱉은 한빈은 조용히 진천뢰가 든 상자를 옮겼다.

상자를 옮기며 조심스럽게 심지를 뽑아 놓는 것도 잊지 않았다.

조심스럽게 상자를 옮기던 한빈이 숨을 죽였다.

문 앞으로 다가오는 기척을 느꼈기 때문이다.

아마도 경비 무사일 터.

상자 뒤로 몸을 숨긴 한빈은 천천히 상황을 지켜봤다.

그때 문이 스르륵 열렸다.

문이 열리고 두 개의 신형이 나타났다.

그 신형의 주인은 병사들이 아니었다.

그때 그중 한 명이 화섭자를 켰다.

순간 한빈이 바람처럼 날아가 화섭자의 불을 급히 껐다.

상대가 놀란 듯 눈을 크게 떴다.

"공자님!"

"설화?"

한빈이 고개를 갸웃하자 설화가 놀란 표정으로 물었다.

"여긴 어떻게 오신 거예요?"

"그건 내가 할 말 같은데!"

한빈이 황당하다는 듯 보자 설화가 말을 이었다.

"흑천의 주인이 없어졌어요."

"그게 무슨 말이냐?"

"쥐도 새도 모르게 사라지는 바람에 흑천도 발칵 뒤집혔어요. 그래서 그 흔적을 쫓다 보니 여기까지 온 거예요."

"흠."

한빈은 턱을 어루만졌다.

이는 보통 일이 아니었다.

차라리 살수가 들어와서 흑천의 주인을 죽였다면 이해가 되었다.

그런데 흑천의 주인이 없어졌다고?

이건 말도 안 되는 이야기였다.

심각한 한빈의 표정을 본 설화가 눈을 반짝이며 말을 이었다.

"더 이상한 것은 저항하지 않았다는 점이에요."

"저항하지 않았다고?"

"네."

"그건 나머지 인물과 똑같군."

"그게 무슨 말이에요?"

설화가 눈을 가늘게 뜨자 한빈이 말을 이었다.

"사도련의 독고진 대협도 납치되었어. 그리고 우리 형님도……."

"대공자님도요?"

"중요한 것은 그들도 저항 없이 납치되었다는 거지. 재미있게도 목격자는 모두 제거되었고."

"그건 흑천도 똑같아요. 주인의 뒤를 쫓던 이들은 모두 살해당했어요."

"일단 같이 알아보자고. 그런데 청화는?"

"어? 옆에 있었는데……."

설화가 당황한 듯 주변을 살폈다.

한빈도 마찬가지였다.

분명히 안쪽으로 들어온 신형은 둘.

그중 하나가 청화라는 것은 물을 필요도 없었다.

그런데 대화를 나누던 사이에 청화가 사라진 것이다.

그때 뒤쪽에서 쩝쩝대는 소리가 들려왔다.

한빈은 조용히 설화와 함께 상자 뒤로 다가갔다.

그곳에는 쪼그려 앉은 청화가 있었다.

설화가 청화의 어깨를 두드렸다.

"거기서 뭐 해?"

"얘 귀엽지 않아요?"

청화가 바닥을 가리켰다.

백호가 쩝쩝거리며 육포를 씹고 있었다.

그냥 육포를 씹는 게 아니라 데굴거리며 재롱까지 부리고 있었다.

그 모습에 한빈이 헛기침했다.

깜짝 놀란 청화가 입을 막았다.

"앗, 공자님."

"왜 숨어 있어?"

"귀여운 강아지를 봐서요."

"그거 강아지 아니야."

"그럼요?"

"호랑이야."

"앗, 거, 거짓말이죠?"

청화가 깜짝 놀라서 백호를 가리키자 설화도 덩달아 놀라 물었다.

"이게 어떻게 호랑이예요? 아니 늑대 비슷하기도 하고……. 북해에는 개를 닮은 호랑이가 있다고 들었지만, 그건 전설에서나 나오는 영물인데?"

"맞아."

"맞다니요?"

"그 영물이 확실해."

"저, 정말이에요? 얘는 어디서 난 거예요?"

"오다가 주웠어."

"영물을 오다가 주었다고요? 그게 어떻게 가능해요?"

설화가 못 믿겠다는 듯 한빈과 백호를 번갈아 봤다.

그때 청화가 끼어들어 말했다.

"그게 왜 불가능한가요? 언니."

"그럼 영물을 어떻게 길 가다가 주워?"

"공자님이 우릴 만난 것도 비슷하잖아요."

"아."

설화가 자신도 모르게 고개를 끄덕였다.

생각해 보니 자신이나 청화 모두 우연히 한빈을 만나 칼을 맞댔고 그 와중에 인연이 생겨 이렇게 함께하고 있었다.

어찌 보면 한빈의 주변에 있던 사람 모두가 지나가다가 스친 인연으로 만난 이들.

그때 한빈이 심각한 표정으로 물었다.

"그런데 밖의 경비병들은 어떻게 했어?"

"그냥 재웠는데요."

"그랬구나⋯⋯."

한빈이 고개를 끄덕이자 설화가 재빨리 물었다.

"제가 잘못이라도⋯⋯? 사실 경비병 교대하고 나서 바로 재웠어요."

"그럼 대충 두 시진 정도 여유가 있겠네."

"두 시진이요?"

"경비병들 교대 간격을 보니 두 시진이더라고."

"그렇게 오래 관찰하신 거예요? 그런데 어떻게 숨어드신 거예요?"

"나는 정문으로 걸어왔지."

"저희는 죽을 뻔했는데······."

설화가 억울하다는 듯이 한빈을 바라봤다.

그때였다.

백호가 꼬리를 흔들며 바닥에 코를 대고 쿵쿵거리기 시작했다.

그러더니 마치 사냥감을 쫓듯 움직였다.

백호가 향한 곳은 아직 옮기지 않은 상자였다.

한빈은 진천뢰가 담긴 상자를 조심스럽게 옮겼다.

상자를 옮기자 백호가 혓바닥을 내밀더니 바닥을 핥았다.

바로 여기라는 뜻이 분명했다.

한빈은 조용히 바닥을 살폈다.

미간을 좁힌 한빈이 만월을 지렛대 삼아 바닥을 들어냈다.

끼긱.

작은 마찰음이 실내에 울리자 한빈은 재빨리 기막을 펼쳤다.

순간 바닥이 열리고 아래쪽에서 불빛이 어슴푸레 흘러나왔다.

바닥과 연결된 통로가 있었다.

한빈은 재빨리 통로 안쪽으로 들어갔다.

안쪽으로 들어가 보니, 바위를 깎아 만든 듯 서늘한 통로가 나왔다.

통로의 주변은 척척한 게, 꼭 강물이 스며든 것 같았다.

한빈은 설화와 청화에게 눈짓했다.

백호를 데리고 뒤로 물러나라는 뜻이었다.

이번에는 설화가 백호를 앉았다.

백색 무복의 설화가 안아 들자 백호의 모습은 흐릿해졌다.

그만큼 백호의 털은 하얀 눈 같았다.

얼마나 갔을까.

한빈은 그곳을 지나며 거리를 가늠했다.

그들이 지나온 길은 삼백 걸음.

직선이라면 병영의 경계선이었다.

그들은 조심스럽게 걸음을 옮겼다.

그곳을 지나오자 어디선가 목탁 소리가 울려 퍼졌다.

설화도 들었는지 뒤쪽에서 작은 목소리로 말했다.

"근처에 사찰이 있나 봐요."

"내가 알기로는 근처에 사찰은 없어."

"그럼요?"

"여기서 가장 가까운 절이 불광사일걸."

"불광사요?"

"그래. 불광사의 연등회는 황실의 인물들이 많이 참석하지."

"아, 그렇군요."

"중요한 것은 불광사로 가려면 적어도 이틀은 걸린다는 점이지."

한빈은 통로 앞을 가리켰다.

통로에서 울리는 목탁 소리는 상당히 희미했다.

하지만 이틀 거리라면 아예 저 소리가 들릴 리 없었다.

설화가 고개를 갸웃했다.

"그렇다면 저 목탁 소리는 어디에서 들리는 걸까요?"

"불광사."

"지금 이틀 거리라고 하셨잖아요."

"그건 길을 따라 걸었을 때의 일이고. 산을 통과한다면……. 얘기가 달라지지."

한빈의 말에 설화가 눈을 동그랗게 떴다.

"그럼 이 통로가 산을 통과한다는 말이에요?"

"아마도……."

한빈은 조용히 앞을 바라봤다.

잠시 바라보던 한빈은 바닥의 돌을 주워서 튕겼다.

휙!

아무렇게나 튕긴 것 같지만 백발백중의 수법이 담겨 있는 한 수였다.

돌을 던진 한빈이 조용히 숫자를 세기 시작했다.

"하나, 둘, 셋……."

한빈이 열까지 셌을 때 돌이 튕기는 소리가 들려왔다.

땅!

그 소리에 한빈이 손가락을 접으며 말했다.

"꺾이는 곳까지의 거리가 대충 백 걸음이야. 직선은 아니니 이런 비슷한 통로가 적어도 백 개가 이어졌다고 봐야 해. 그럼 과연 길이가 얼마나 될까?"

한빈은 백발백중의 수법으로 속도까지 조절했다.

그렇기에 계산이 가능한 것.

한빈의 말에 설화의 눈빛이 흔들렸다.

손가락을 접었다 펴기를 반복하던 설화가 입술을 깨물었다.

설화는 돈을 좋아했지만, 숫자에 약했다.

그때 청화가 손을 번쩍 들었다.

"만 걸음이요, 공자님."

"정답이라고 말해 주고 싶지만……."

한빈이 말끝을 흐리자 이번에는 설화가 말했다.

"혹시 천 걸음이요?"

"아니, 정답은 아무도 모른다!"

"앗, 그게 어떻게 정답이……."

"끝까지 들어 봐. 대충 일직선으로 땅을 파서 들어간다면 불광사까지는 딱 두 시진이 걸리지."

"네?"

설화의 눈이 커졌다.

이틀 거리에 있는 사찰이 일직선으로는 두 시진밖에 걸리지 않는다고 하니 놀란 것이다.

하지만 이것은 사실이었다.

지형이 험하고 그 위로 강까지 흐르기에 시간이 오래 걸릴 뿐이었다.

만약에 한빈의 예상대로라면 이 길은 불광사까지 갈 거리였다.

불광사라?

불광사는 효명 공주가 참석하기로 한 연등회가 열리는 곳이었다.

물론 효명뿐 아니라 황실의 종친들까지 참석하는 행사였다.

과연 이것이 우연일까?

거기에 중간중간 실종된 고수들까지…….

분명히 그곳에 모든 원인이 있을 것이었다.

천천히 전진하던 중 설화의 품에 안겨 있던 백호가 소리를 냈다.

컹.

한빈이 백호를 보며 물었다.

"무슨 일이야? 백구."

컹.

설화의 품에서 나온 백호가 어딘가를 보며 짖었다.

눈을 반짝이는 것이 뭔가를 말하려는 듯 보였다.

한빈은 재빨리 의(意)의 구결을 사용했다.

백호가 말하려는 것은 익숙한 냄새가 난다는 뜻이 분명했다.

익숙한 냄새라?

한빈도 조용히 후각을 끌어올렸다.

백호의 말이 맞았다.

코끝을 간지럽히는 폭약 냄새에 한빈은 손을 뻗었다.

한빈이 손을 뻗은 것은 바로 옆쪽이었다.

벽 속으로 손을 꽂은 한빈.

옆에서 이 광경을 보던 설화가 고개를 갸웃했다.

"무슨 일이에요? 공자님."

"진천뢰."

말을 마친 한빈이 벽 속에서 손을 다시 뽑았다.

한빈의 손에는 심지가 딸려 나왔다.

아무래도 창고에 있던 진천뢰가 전부가 아닌 것이 분명했다.

그렇다면 이 통로의 끝 쪽에서 상상도 못 할 일이 일어나려는 것이 분명했다.

한빈이 뒤를 보며 말했다.

"구결십팔보!"

말을 마친 한빈이 자리에서 사라졌다.

사사삭.

동시에 뒤쪽에 있던 설화가 청화를 잡았다.

백호는 한빈의 품에 뛰어든 지 오래였다.

한빈은 쉬지 않고 달려갔다.

한빈 일행이 어둠 속에서도 달릴 수 있는 이유는 바로 야명주 덕분이었다.

꽤 공을 들였는지 통로 곳곳에는 야명주가 박혀 있었다.

아마도 횃불을 이용해서 통로를 밝히면 안 되는 이유가 있는 듯했다.

사실 횃불을 들고 진천뢰가 깔린 곳을 이동한다는 것은 온몸에 기름을 붓고 횃불을 드는 것과 같은 이치였다.

한빈은 이곳으로 대량의 진천뢰가 운반되었다고 판단했다.

그것도 모자라 진천뢰를 벽 속에 숨겼다는 것은, 모든 일이 끝난 후 증거를 인멸하기 위함이 분명했다.

불광사 일부가 진천뢰에 의해서 날아가면?

아마도 황실은 모든 곳을 샅샅이 뒤질 것이 분명했다.

그러다 진천뢰를 이동시킨 이 통로를 발견한다면?

황실은 이곳에서부터 조사를 다시 할 것이었다.

적들은 그 상황을 원하지 않는 것이다.

무슨 일이기에 이렇게 철저하게 준비를 했을까?

거기에 더해 무림인들을 납치했다고?

이건 일개 문파가 벌일 수 있는 행동이 아니었다.

진천뢰만 보더라도 무림인은 도저히 벌일 수 없는 일이었다.

한빈은 처음부터 하나씩 되짚으며 어둠 속을 달려 나갔다.

한빈은 먼저 문 앞에서 자신들을 막았던 군관을 떠올렸다.

용의 문양이라?

아무리 생각해도 그 문양을 지닌 문파는 없었다.

사파를 모두 포함해서 말이다.

그렇다면?

이는 관의 단독 행동이라고 봐야 했다.

그런데 황실의 종친과 현비가 참가하는 연등 행사가 열리는 불광사에 진천뢰라?

아마도 관군에 정체불명의 세력이 침투했다는 가설이 가장 유력할 것이다.

그렇다면 그들이 원하는 것은?

"이이제이!"

한빈은 나지막이 혼잣말을 뱉었다.

그 말에 옆에서 붙어서 따라오던 설화가 물었다.

"그게 무슨 말씀이에요?"

"적이 사용하는 전술 말이다. 오랑캐의 힘으로 오랑캐를 누르려는 수법 같아서 하는 말이다."

"그럼 우리가 오랑캐인가요?"

"우리는 아닌 것 같은데……. 우린 그냥 불청객일 뿐이지."

"그럼 오랑캐가 누구예요?"

"그야 당연히 무림인과 황실이지."

"무림인과 황실이라……."

"중원에서 무림을 완전히 지우려 한 듯하구나. 물론 내 성급한 판단일 수도 있겠지."

"불안하네요. 공자님 말씀은 대부분 맞잖아요."

설화가 오랜만에 미간을 좁혔다.

무림 말살 계획은 설화가 듣기에도 오한이 들었다.

설화도 바보가 아닌 이상 머릿속에 그림을 그릴 수 있었다.

황실의 인사들이 다치고 그 뒤에 무림인들의 소동이 있는다면?

황궁의 화살은 무림으로 향하게 된다.

설화는 입술을 깨물었다.

비록 친부모는 아니지만, 그녀를 키워 준 것이 바로 흑천의 주인이 아니던가?

한빈의 말대로라면 이번에 사건을 흑천의 주인과 하북팽가 그리고 수많은 무림 문파가 뒤집어쓴다는 말이었다.

한빈의 뒤를 따르던 설화가 비명을 토해 냈다.

"앗, 공자님!"

앞서가던 한빈이 다급하게 걸음을 멈췄기 때문이다.

설화는 속도를 제어하지 못하고 앞으로 나아갔다.

그때 한빈이 설화의 목덜미를 잡았다.

설화는 다급하게 청화의 소매를 잡았다.

그렇게 그들은 일렬로 통로에 섰다.

걸음을 멈춘 설화는 눈을 크게 떴다.

지금 서 있는 통로에는 제법 큰 공간이 있었다.

아래에는 청강석이 깔린 것이, 마치 연무장 같은 느낌을 주고 있었다.

주변을 둘러보던 설화가 눈을 크게 떴다.

이곳은 정말 연무장이 맞았다.

중간중간에 병기를 놔둘 수 있는 거치대가 있었다.

그때 한빈이 내공을 담아 외쳤다.

"어서 나오시지요!"

그 말에 설화와 청화가 서로를 바라봤다.

아무리 봐도 기척이 느껴지지 않았다.

중요한 것은 이곳에 사람이 숨을 만한 공간이 없다는 점이었다.

설화는 청화의 손을 잡고 뒤쪽으로 물러났다.

한빈이 신호를 보냈기 때문이었다.

설화는 청화와 함께 뒤쪽 벽에 바싹 붙었다.

백호도 한빈의 품을 떠나 펄쩍 뛰어 설화에게 안겼다.

졸지에 구경꾼이 된 설화는 마른침을 삼켰다.

그때였다.

어디선가 파공성이 들려왔다.

슝!

한빈이 몸을 돌렸다.

은색 암기가 한빈의 옆을 지나 바닥에 박혔다.

순간 청화가 손을 뻗었다.

한빈을 돕기 위함이었다.

이번 공격은 청화가 감지 못 한 수법.

그렇다면 한빈이 위험할지도 모르니, 공독지체의 능력을
쓰기로 한 것이다.

그때 한빈이 나지막이 말했다.

"청화야, 네 힘을 아껴 두거라."

"네?"

"이놈들만이 아닌 것 같아서 하는 말이야. 그러니 너희 둘
은 힘을 아껴 두는 게 좋을 것 같다. 그리고 내가 아까 한 말
은 취소다."

"무슨 말이요?"

"두 시진이면 간다고 했던 말 말이다. 아무래도 이틀은 걸
릴 것 같구나."

말을 마친 한빈이 씩 웃었다.

이틀이라는 말에 청화의 표정이 굳어졌다.

두 시진이 아닌 이틀이 걸린다는 것은 이번 길이 험난하다
는 말이었다.

그때 설화가 고개를 흔들었다.

"공자님을 잘 봐."

"왜요?"

"꼭 보물을 손에 넣은 것 같은 얼굴이잖아."

"보물이요? 그게 무슨 말이에요, 언니?"

"저 표정을 짓고 공자님이 진 적이 있었어?"

"그러고 보니……."

청화는 자신도 모르게 고개를 끄덕였다.

물론 한빈이 실없이 웃는 것은 아니었다.

한빈은 지금 오랜만에 구결의 흔적을 보고 있었다.

천급 구결도 아닌 지급 구결이었다.

오랜만에 보는 지급 구결.

지급 구결이라고 해서 실망하기는 일렀다.

등급이 나누어져 있긴 했지만, 초식은 쓰기 나름이었다.

지금도 한빈이 가장 많이 쓰고 있는 초식은 전광석화와 일
촉즉발 같은 일반 등급이 아니던가?

잘 뽑은 지급 초식은 열 천급 초식 안 부러울 수 있었다.

한빈은 자신도 모르게 입맛을 다셨다.

"쩝. 들어와!"

한빈의 목소리에 응답하듯 다시 암기가 날아왔다.

슝!

소리에 맞춰서 한빈의 몸이 한 바퀴 돌았다.

그때 다시 암기 소리가 울렸다.

슝! 슝!

이번에는 한 발이 아닌 두 발이었다.

한빈은 최소한의 움직임으로 암기를 피했다.

암기를 피하면서 상대를 간파하는 것도 잊지 않았다.

상대의 암기는 여기저기서 끊임없이 날아오고 있었다.

강호 경험이 없는 이가 본다면 틀림없이 이형환위를 펼치는 경공술의 고수로 착각할 수도 있었다.

그도 그럴 것이, 같은 수법으로 방향만 바꿔서 날아오니 말이다.

겉으로 보기에도 한빈은 꽤 고전하는 듯 보였다.

슝! 슝!

한빈은 계속 몸을 피했다.

순간 한빈의 소맷자락이 암기에 썰려 나갔다.

슝!

뒤쪽에서 날아온 암기에 한빈의 무복 아래쪽이 뚫렸다.

상황만으로 보면 한빈의 목숨은 언제 달아나도 이상하지 않았다.

설화의 품속에서 광경을 지켜보던 백호는 앞발로 눈을 가렸다.

영물에게도 지금의 광경이 위태로워 보였기 때문이다.

설화도 입술을 잘근잘근 씹었다.

하지만 한빈의 명이 있었기에 나설 수 없었다.

슝!

소리는 한 번인데 여러 개의 빛이 번쩍였다.

변초가 분명했다.

순간 한빈이 다시 낭패를 당한 듯 바닥을 굴렀다.

휙!

다급하게 몸을 피하는 한빈을 본 청화는 다시 손을 올렸다.

공독지체를 이용해 독을 날리기 위함이 분명했다.

그때 설화가 청화를 말렸다.

"공자님은 괜찮아."

"아무래도 위험한 것 같은데요. 거기에 제 눈으로는 암기를 좇을 수 없어요. 저도 못 좇는다면 공자님도……."

청화의 말대로 암기의 속도는 점점 빨라졌다.

거기에 더해 청화가 자신도 못 좇을 속도라고 한 것은 심각한 문제였다.

청화는 요즘 들어 암기 연습에 열을 올리고 있었다.

사천당가의 사람이니 어찌 보면 당연한 일이었다.

독이라는 분야에서는 공독지체를 이루었으니, 사천당가에서 누구도 청화를 가르칠 수 없었다.

모순되게도 청화는 이것이 안타까웠다.

더 배울 수가 없다는 말은 더는 발전할 수 없다는 말과 같았다.

하지만 암기술만은 달랐다.

청화가 무공을 위해 열을 올리고 있는 이유 중 하나는 바로 한빈이었다.

청화는 지금의 삶이 한빈 덕분이라고 생각했다.

한빈이 아니었다면 천독의 밑에서 구르다가 한 줌 독물로 땅에 스며들어 사라졌을 인생이었다.

그런데 한빈을 만난 덕분에 가족도 찾을 수 있었다.

사실 진짜 가족은 설화와 한빈이라고 생각하지만 말이다.

그런데 한빈의 무공이 점점 강해지자 청화는 도울 방법이 없었다.

한빈을 돕겠다고 하는 것은 개미가 코끼리를 거들겠다고 하는 것과 같았다.

청화는 자신의 존재가 미미해졌다고 생각했다.

그래서 생각해 낸 것이 암기술이었다.

그래서 틈나는 대로 설화와 함께 암기술을 익혔다.

청화는 암기술에 있어서 어느 정도 성취를 이루었다고 생각했다.

하지만 지금 보니 그게 아니었다.

지금 한빈을 향해 날아오는 암기 중 한 개도 보이지 않았다.

더 황당한 것은 그 암기의 속도가 점점 빨라지고 있다는 점이었다.

처음에는 희미하지만, 선을 보았다.

그러다가 점밖에 보지 못했다.

그런데 지금은 그 점조차도 보이지 않았다.

상대가 누군지는 몰라도 암기술에서만큼은 강호에 알려진 자가 분명했다.

그러지 않고서야 이렇게 변초를 섞어서 던지지는 않을 터였다.

슝!

지금은 다시 속도가 느려졌다.

청화는 그의 친언니에게 암기술과 관련된 세 가지 경지를 들었다.

첫 번째는 정확도로 일가를 이룬 자들의 이야기였다.

그들을 일반 경지에 비유하자면 일류라고 한다.

백 보 뒤의 사과에 정확히 암기를 꽂아 넣을 수 있는 자들.

두 번째 경지는 바로 속도였다.

눈에 보이지 않을 수법으로 암기를 쏘아 낼 수 있는 자들. 암기술에서는 절정에 이른 자들이라고 할 수 있었다.

세 번째는 바로 변초였다.

바로 허허실실의 수법을 사용할 수 있는 자들이었다.

그들은 암기술에 있어서 가히 초절정의 경지에 올랐다고

할 수 있었다.

그렇게 치면 상대는 바로 초절정의 고수였다.

그렇다면 암기술에서 그 이상의 단계가 존재하는가?

청화는 그 위 단계를 지금 보고 있었다.

암기가 사라졌다 나타났다를 반복하며 한빈을 구석으로 몰아넣고 있었다.

적이 날리는 암기가 빠른 속도로 묘한 궤적을 그리고 있는 것이었다.

당연하게도 그 암기를 피하는 한빈의 모습은 아슬아슬해 보일 수밖에 없었다.

미소를 띠고 있기는 하지만, 청화는 자신도 모르게 입술을 깨물었다.

생사를 걸고 서로의 목을 노리는 것이 강호인의 운명이라고는 하지만, 자신의 은공인 한빈이 위험해지는 꼴은 볼 수 없었다.

그때 설화가 희미하게 웃었다.

"왜 그렇게 봐? 공자님이 항상 물어보는 게 있잖아."

"그게 뭔데요?"

"나 못 믿어?"

설화는 한빈의 목소리를 흉내 냈다.

그 흉내가 제법 비슷해 보였는지 백호까지 눈을 올망졸망 하며 바라봤다.

청화는 자신도 모르게 웃었다.

물론 소리를 내지는 않았다.

그때 설화가 눈짓으로 어딘가를 가리켰다.

순간 청화의 눈이 커졌다.

청화는 자신의 믿음이 부족했다는 것을 깨달았다.

지금 한빈의 손에는 암기가 번뜩거리고 있었다.

다급하게 피하고 있는 줄로만 알았는데 한빈은 바닥에 박힌 적의 암기를 모두 회수하고 있었다.

청화는 자신도 모르게 입을 딱 벌렸다.

"아, 못 믿어서 죄송해요. 공자님."

"알았으면 됐어."

한빈의 목소리가 청화의 귀에 꽂혔다.

그때부터였다.

점점 암기가 날아오는 간격이 멀어지기 시작했다.

그때 한빈이 자리에 멈추었다.

정확히 가운데 자리에 선 한빈이 위를 보며 외쳤다.

"이제 내 차례네!"

말을 마친 한빈은 암기를 손에 올려놨다.

그 암기들은 조그만 단검이었다.

단검은 한빈의 손 위에 탑처럼 높게 솟아 있었다.

한빈은 아무렇지 않게 그 단검들을 뿌렸다.

얼핏 보기에는 아무런 힘이 들어가 있지 않았다.

한빈의 손을 떠난 단검들은 사방팔방으로 흩어졌다.

그것을 본 청화가 고개를 갸웃했다.

"언니, 지금 공자님이 뭐 하시는 거죠?"

"글쎄……."

설화도 황당하다는 듯 지금의 광경을 바라봤다.

당당하게 천장을 향해 외친 호언장담을 떠올리면 지금의 공격은 생각보다 보잘것없었다.

그도 그럴 것이, 무공을 못 쓰는 동네 아이가 던져도 지금보다는 더 격렬하게 날아갈 터였다.

그런데 지금은 마치 시간이 멈춘 듯 암기가 날아가고 있었다.

설화가 고개를 갸웃하며 말을 이었다.

"아무리 생각해도 이상한데."

"뭐가요?"

청화가 묻자 설화가 날아가는 암기를 가리켰다.

"도착해도 벌써 도착해야 했잖아."

"그럼 혹시 이기어검?"

청화가 눈을 크게 뜨고 암기를 가리켰다.

그들의 대화대로 한빈이 던진 암기는 너무 느렸다.

거기에 자세히 보면 일직선으로 날아가는 것이 아닌 곡선을 그리고 있었다.

그러니 청화가 이기어검으로 착각하는 것도 이상한 일은

아니었다.

그때였다.

갑자기 단검의 속도가 빨라지더니 휙 하고 천장에 박혔다.

푹. 푹!

설화가 보기에는 한빈의 공격은 실패한 듯 보였다.

물론 그 생각은 바로 버려야 했다.

천장에서 흑의 복면인들이 바닥으로 떨어졌으니 말이다.

툭. 툭.

마치 우박이 내리듯 복면인들이 천장에서 바닥으로 쏟아졌다.

그들은 하나같이 어깨를 잡고 있었다.

그들의 어깨에는 한빈이 던진 단검이 박혀 있었다.

한빈은 그들에게 눈길조차 주지 않았다.

그저 평온한 표정으로 허공을 바라볼 뿐이었다.

[다량의 구결을 획득하셨습니다.]

[용안으로 구결을 확인합니다.]

한빈은 조용히 고개를 끄덕였다.

이어서 획득된 구결이 주르륵 이어졌다.

[지급 구결 경(經)을 획득하셨습니다.]

[지급 구결 우(牛)를 획득하셨습니다.]
[지급 구결 독(讀)을 획득하셨습니다.]

예상대로 이곳은 지급 구결의 노다지였다.

한빈은 입가에 미소를 지었다.

그것도 잠시, 한빈은 아쉬움을 감추지 못하고 입맛을 다셨다.

한빈의 표정은 오만하기 그지없었다.

누구를 깔보는 표정은 아니었다.

그저 아무렇지 않게 허공을 바라보는 모습이 다른 이들의 눈에는 광오하게 비칠 뿐이었다.

물론 한빈이 바라보는 것은 용린검법의 구결들.

[지급 : 경(經), 우(牛), 독(讀)]

지급 초식을 완성하기에는 하나의 초식이 모자랐다.

"쩝."

한빈이 입맛을 다시자, 수장으로 보이는 복면 무사가 앞으로 걸어 나왔다.

"너는 누구냐? 정체를 밝혀라!"

"잠시만, 그건 네가 할 말이 아닌 것 같은데!"

한빈이 황당하다는 듯 복면 무사를 바라봤다.

"그럼 누가 할 말이더냐?"

"잘 생각해 봐, 우리는 불광사로 가려고 길을 걷고 있는 중이었지. 그런데 누군가가 갑자기 암기를 날리네?"

"……."

상대는 한빈을 쏘아봤다.

그 모습에 한빈이 다시 말했다.

"생각해 보니까 나는 암기까지 돌려줬잖아."

한빈이 상대의 어깨에 박힌 단검을 가리켰다.

상대는 왼쪽 어깨에 박힌 단검을 뽑아내며 검지로 혈도를 찍었다.

지혈한 것이 분명했다.

그 모습에 한빈이 말했다.

"제법이네. 다른 놈들 같으면 놀라서 다 도망갔을 텐데, 날 살피고 있다고? 아무리 봐도 대단하군."

"흠."

침음을 토해 낸 복면인은 품에서 호리병을 꺼냈다.

그 뒤쪽의 무사들도 일제히 호리병을 꺼냈다.

사실 그들이 도망가고 싶지 않아서 이러고 있는 것은 아니었다.

복면인들도 나름대로 사정이 있었다.

그들은 지금 칠보산의 해약을 마시고 있었다.

칠보산은 일곱 걸음을 걷는다면 오장육부가 녹는다는 극

약이었다.

그들의 모습에 설화가 손을 뻗었다.

오만한 그들의 모습이 이해가 되지 않아서였다.

하지만 한빈은 설화를 말렸다.

"그냥 놔둬."

"적들이 너무 오만해 보여요, 공자님."

"잘 봐 봐, 살려고 해독제를 먹는 거잖아."

"해독제를 먹다니요?"

"아마도 단검에 독을 발라 놨겠지."

한빈이 피식 웃으며 적들을 가리켰다.

그때 그들 중 우두머리로 보이는 무사의 어깨가 파르르 떨렸다.

자신이 상대의 손바닥 위에 있다는 생각이 들어서였다.

상대의 말대로 그들은 칠보산을 묻힌 단검을 날렸다.

그 단검은 그대로 자신에게 돌아와 어깨에 박혔다.

여기까지가 일 각도 안 되어 벌어진 일이었다.

복면을 살짝 걷어 내고 호리병에 든 액체를 마시는 복면인을 본 한빈이 외쳤다.

"복면 벗고 말해! 잘 안 보여!"

한빈이 놀리듯 복면 무사를 가리켰다.

복면 무사가 놀란 듯 잽싸게 다시 복면을 썼다.

복면을 쓰고 심호흡을 하더니 그들은 주춤주춤 뒤로 물러났다.

같은 동작으로 떨어져서 똑같이 뒤로 물러나는 그들의 모습은 경극에서 등장하는 무희들처럼 일사불란했다.

그들은 우두머리의 지휘를 받고 있었다.

우두머리의 손짓에 따라 똑같이 뒤로 물러서며 한빈과의 간격을 벌리고 있었다.

그들의 걸음을 본 설화가 작은 목소리로 말했다.

"저들은 여인이에요."

"나도 알아."

한빈이 피식 웃으며 팔짱을 꼈다.

방금 해독제를 먹으면서 그들은 목덜미를 보였다.

사내와 여인을 구별하는 방법은 무엇일까?

사실 성인이라면 목울대만 확인해도 성별을 가늠할 수 있다.

한빈은 그들이 해독제를 마실 때 목울대를 확인했던 것.

한빈은 마치 닭장 안의 병아리를 구경하듯 복면 무사들을 바라봤다.

그들은 정확히 아홉 명이었다.

지금 구결을 가지고 있다는 것은 그들이 초절정 이상임을 뜻한다.

모습이 드러난 이상, 복면 무사들은 더 이상 한빈의 적이 되지 못했다.

한빈이 원하는 것은 딱 한 가지였다.

그들의 뒤에 있는 진짜 우두머리.

복면 무사들이 자신들의 우두머리가 있는 곳을 알려 줄 것이었다.

한빈은 그들이 도망치기를 기다렸다.

그런데 도망치기는커녕 눈도 깜빡이지 않고 석상이 되어 있었다.

한빈은 설화와 청화에게 눈짓했다.

뒤로 물러나라는 신호였다.

생각해 보니 자신들이 그들의 퇴로를 막고 있었던 것 같았다.

설화가 불만 가득한 표정으로 왼쪽으로 움직였다.

청화도 마찬가지다.

천천히 돌자 복면 무사들도 돌았다.

그때였다.

퇴로가 생기자 복면 무사 중 하나가 손가락을 접었다 폈다.

순간 복면 무사들은 몸을 돌렸다.

신호를 받은 나머지 복면 무사들은 순식간에 그 자리에서 뛰었다.

한빈은 그들이 도망가는 모습에 혼잣말을 뱉었다.

"잘 뛰네."

말을 마친 한빈은 그들의 걸음걸이를 자세히 살폈다.

그저 관찰만 할 뿐, 복면 무사를 쫓지는 않았다.

점점 멀어지는 복면 무사를 본 설화가 입맛을 다셨다.

"그냥 도망치다니 아쉽네요, 공자님. 그런데 계획이 있으신 거죠?"

"……."

한빈은 답하지 않았다.

아직도 아쉬운 듯 어딘가를 보며 입맛을 다실 뿐이었다.

입맛을 다시던 한빈이 혼잣말을 뱉었다.

"하나가 모자라네."

"그게 무슨 말씀이에요? 하나가 모자란다니요?"

"아무것도 아니야."

한빈은 피식 웃었다.

물론 구결이 모자란다는 말이었다.

하나만 더 있다면 온전한 지급 초식을 만들 수 있을지도 모르는데.

바로 그때, 천장에서 검은색 신형이 하나 툭 떨어져 내렸다.

바닥으로 내려앉은 신형은 쉬지 않고 일행이 사라진 곳으로 달려갔다.

갑작스러운 상황에 백호가 이를 드러냈다.

어흥.

누가 봐도 호랑이의 포효.

설화도 우혈랑검을 잡고 뛸 준비를 했다.

청화는 잽싸게 바닥에 떨어진 돌멩이를 주웠다.

그러고는 멀어지는 검은색 신형을 바라봤다.

눈을 가늘게 뜬 청화가 마지막 복면인을 향해 돌멩이를 날렸다.

슉!

파공성을 내며 날아가는 돌멩이!

사실 독공을 쓰려고 했지만, 한빈이 말린 상황.

청화는 자신이 연습한 암기술을 한빈에게 자랑하고 싶었다.

순간 저 멀리서 둔탁한 소리가 울렸다.

팅!

그 소리에 청화가 고개를 떨궜다.

지금의 소리는 적이 아닌 벽에 부딪힌 소리였다.

그때 한빈이 아무렇지 않게 바닥에서 돌멩이를 주워 들었다.

그러고는 멀어지는 적을 향해 돌멩이를 날렸다.

'백발백중.'

한빈이 백발백중의 수법을 사용한 이유는 간단했다.

바로 떨어진 복면인에게서 지급 구결이 보였기 때문이었다.

퍽!

멀리서 달려가던 복면인이 어깨를 부여잡았다.

청화는 물끄러미 한빈을 바라봤다.

한빈은 아무렇지 않게 다시 고개를 들어 허공을 바라보고
있었다.

잠시 허공을 바라보던 한빈의 입꼬리가 쓱 올라갔다.

[용안으로 구결을 확인합니다.]

[지급 구결, 이(耳)를 획득하셨습니다.]

이건 굴러 들어온 구결이라고 해야 맞았다.

사실 구결 세 개를 취하고 하나는 포기하고 있었다.

그런데 마른 천장에서 구결이 딱 떨어진 것이다.

기쁘기도 하지만, 한빈은 상대의 귀식대법이 놀라웠다.

이번만큼은 한빈도 기척을 느끼지 못했었다.

아마 끝까지 모습을 드러내지 않았다면 찾을 수 없었을 것
이 분명했다.

그러니 왜 갑자기 복면인이 모습을 드러냈는지 한빈도 의
아할 따름이었다.

모습을 드러내고 나서는 줄행랑을 친다고?

적의 의도가 이해되지 않았다.

어쨌든 중요한 것은 상대가 지급 초식의 마지막 조각을 선
사하고 갔다는 점이었다.

한빈은 피식 웃으며 완성된 초식을 살피기 시작했다.

[지급 초식인 우이독경을 확인합니다. 지급 초식 우이독경은 외부와의 모든 소리를 차단합니다. 지속 시간은 반 시진. 일 년의 내공을 소모합니다.]

우이독경이라고?

모든 소리를 차단한다고?

한빈은 고개를 갸웃했다.

지금까지 올라갔던 입꼬리가 바로 제자리를 찾았다.

아무리 생각해도 쓸 곳이 없다는 생각이 들어서였다.

과연 이 지급 초식을 어디에 사용할 수 있을까?

한빈은 고개를 흔들었다.

그때 설화가 조심스럽게 한빈을 쳐다봤다.

"공자님은 어떻게 아신 거예요?"

"어떻게 알다니?"

"하나가 모자란다고 하셨잖아요. 그리고 공자님의 말씀대로 적이 정확히 한 명 남아 있었고요."

"그건……."

한빈은 어깨를 으쓱했다.

한빈이 말한 것은 적이 아니라 구결이었다.

그렇다고 용린검법에 대해서 말할 수도 없는 일.

한빈은 설화를 보며 피식 웃었다.

"이제 서서히 가 볼까?"

"그런데 너무 늦은 거 아니에요?"

"천천히 가도 상관없을걸."

"그게 무슨 말씀이에요? 아까 보니 동작이 제법 빠르던데요."

"아까 그자들이 마신 해약 말이다. 중요한 건 그게 아니었어. 사실 그자들이 던진 단검에 병영에서 쓰고 남은 음양초를 발라 놨거든."

"네?"

설화가 눈을 크게 떴다.

지금 병영은 한마디로 아수라장이 된 상태였다.

모두 한빈이 쓴 음양초 때문이었다.

단 한 방울의 음양초만으로도 몇백 명의 군사들이 저 모양이 되었다.

그런데 단검에 음양초를 발라 놨다니!

아마 복면인들도 얼마 안 가 병사들과 같은 꼴이 될 터였다.

설화는 자신도 모르게 도망친 복면인들을 향해 살짝 고개 숙였다.

그들의 명복을 비는 행동이었다.

설화의 품에 있는 백호도 똑같이 고개를 숙였다.

특별한 뜻이 있는 것은 아니고 설화의 행동을 따라 한 것뿐이었다.

가장 뒤쪽에 처져 있던 복면인은 어느덧 나머지 복면인을 따라잡았다.

그녀가 오자 나머지 복면인 중 수장으로 보이는 여인이 물었다.

"조장, 대체 어쩌다 들키신 겁니까?"

"그자는 우리의 모든 것을 꿰뚫고 있었다."

"그게 무슨 말입니까?"

"내가 완벽한 귀식대법으로 몸을 숨기고 있는데 그자가 말하더군."

"뭐라고 했습니까?"

"하나가 모자란다고 했다."

"헉."

복면 여인이 놀란 듯 눈을 크게 떴다.

그때였다.

어디선가 신비로운 음율이 들려왔다.

띠리리!

그 음율에 복면 여인의 우두머리가 다급하게 무릎을 꿇었다.

천적

　모두가 무릎 꿇은 상태에서 복면 여인이 일렁이듯 나타났다. 여인은 입술에서 피리를 뗐다.
　공간을 장악했던 음률의 정체는 그녀의 피리 소리였다.
　피리를 들고 있는 그녀의 손목은 한눈에 보기에도 가냘파 보였다.
　검은색 경장 차림의 여인은 얼굴도 검은색 면사로 가리고 있었다.
　검은색 경장 때문일까?
　여인의 몸은 더 얇게 느껴졌다.
　하지만 복면 여인들은 가냘파 보이는 여인을 두려워하고 있었다.

조장이라 불린 복면 여인이 다가오는 여인을 향해 포권했다.

　　"단주님을 뵙습니다."

　　"일은 어찌 되었느냐? 왜 자리를 이탈한 거지?"

　　여인이 눈을 흘기며 쏘아보자, 조장은 고개를 더욱 조아렸다.

　　"불청객이 나타났습니다."

　　"그럼 처리했어야지."

　　여인이 못마땅한 눈으로 내려봤다.

　　"저희 힘으로는……."

　　조장이라 불린 복면 여인이 말을 맺지 못했다.

　　대신 다급하게 귀를 막았다.

　　순간 다른 복면 여인들도 귀를 막았다.

　　여인이 입술을 달싹였기 때문이다.

　　그것만으로 복면인들의 어깨는 풍랑을 만난 돛단배처럼 흔들렸다.

　　그때 여인의 입에서 서글픈 휘파람 소리가 흘러나왔다.

　　휘익. 휘익.

　　마치 문틈 사이로 바람이 새는 것 같은 평범한 소리였다.

　　하지만 여인들은 괴로운 듯 연신 몸을 떨어 댔다.

　　눈 몇 번 깜짝할 사이에 복면 여인 중 몇이 정신을 잃었다.

　　털썩. 털썩.

마치 최면이라도 걸린 것처럼 몇몇이 쓰러지자, 여인은 휘파람을 멈췄다.

그러고는 손뼉을 쳤다.

짝!

그 소리에 쓰러졌던 복면인들이 하나둘 일어났다.

그때였다.

천장에서 박쥐가 떨어졌다.

투두둑.

여인의 휘파람 소리에 기절했던 박쥐들이 손뼉 소리에 놀라 떨어진 것이었다.

박쥐들은 모두 귀에서 피를 흘리고 있었다.

여인의 휘파람 소리를 박쥐도 감당하지 못한 것이었다.

여인이 다시 물었다.

"너희가 감당 못 할 불청객이라고 했느냐?"

"네, 그렇습니다. 저희의 암기를 모두 막아 냈으며 그걸 저희에게 다시 던졌습니다. 그 결과 하나같이……."

조장은 고개를 돌려 수하들의 어깨를 가리켰다.

그녀의 수하들은 모두 어깨에 상처가 있었다.

검은 경장의 여인이 한심하다는 듯 모두를 바라봤다.

"그래서 그자의 정체는?"

"마지막까지 지켜보려 했지만, 실패했습니다."

"네 귀식대법까지 파악했다는 말이냐?"

"그렇습니다. 완벽하게 흔적을 숨겼다고 생각했는데 저를 보고 말하더군요."

"뭐라 했느냐?"

"그자는 우리를 꿰뚫어 보고 있었습니다. 정확히 우리의 위치를 파악한 것도 모자라, 제 수하들을 제압한 뒤에 딱 한 명이 남았다고 했습니다."

조장이 이를 악물며 답했다.

물론 이것은 그들의 착각이었다.

한빈이 말한 남은 하나는 구결이었다.

그런데 조장은 구결 한 개를 한 명으로 착각했다.

그래서 들통났다고 생각하고 자리를 급히 피한 것이었다.

물론 조장이 보기에는 들킨 것이 맞았다.

상대가 자신이 숨어 있는 곳을 뚫어지라 보고 있었으니까.

조장의 보고에 여인이 턱을 어루만졌다.

"흠, 실망스럽군."

"다시 한번 기회를 주시면 반드시 그자의 목을 가져오겠습니다."

"그자의 목이라……. 사내놈이구나."

"계집도 둘 있었습니다. 기회를 주십시오. 저희가 다시……."

조장은 말을 잇지 못했다.

뒤쪽에서 갑자기 수하 하나가 끙끙대기 시작했기 때문이다.

"조, 조장님, 저희는……."

"무슨 일이냐?"

"그, 급한 용무가……."

"정확히 말해 보아라. 단주님이 계시는 앞에서 무슨 짓들이냐?"

"진짜 급해서 그러니 잠시 양해를……."

말을 맺지 못한 수하 하나가 자리를 떠났다.

규율이 엄격한 그들의 집단에서는 있을 수 없는 일.

그게 시작이었다.

수하들이 한둘씩 자리에서 사라졌다.

조장은 지금 상황이 이해되지 않았다.

그때 여인이 헛웃음을 토해 냈다.

"당했구나."

"그게 무슨 말씀입니까? 단주."

"독에 당했다는 말이다."

"저희는 분명히 해독약을 먹었습니다. 그런데 독에 당하다니요?"

"너희가 먹은 해독약은 칠보산에 대한 해약이 아니더냐?"

"그러하옵니다, 단주."

"그런데 칠보산이 아닌 다른 독에 당했으니……."

"다른 독에 당하다니요? 여기까지 오면서 전혀 이상이 없었습니다, 단주."

"네가 아는 독이 몇 가지더냐?"

"……"

"네 눈으로 강호를 평가하려 들지 마라. 이건 독이 아니라 약초다."

"약초라니요?"

"음양초라는 약초가 분명하다. 아이들이 저리 비명을 지르는 것을 보면 말이다."

말을 마친 여인은 코를 막았다.

그녀는 불쾌한 표정을 숨기지 않았다.

조장은 자신의 몸을 만졌다.

왜 자신만 괜찮은지 이해가 되지 않았다.

몸을 만지던 조장은 그제야 한 가지 사실을 깨달았다.

그녀의 수하들은 한결같이 어깨에 단검이 박혔다.

그 말은 그 짧은 시간에 다른 독을 단검에 발랐다는 말이었다. 아무리 기억을 더듬어 봐도 그럴 틈은 없었다.

조장은 입술을 잘근잘근 씹었다.

어찌 보면 처음 맛본 실패였다.

그녀의 이름은 묘희.

절강에서 안휘까지 이어진 장룡산의 화전민 출신이었다.

그곳 화전민들은 관리의 폭정을 피해 도망친 자들이 대부분이었다.

그렇게 도망친 자들은 산자락에 밭을 일구고 짐승을 사냥해서 생존했다.

그들은 각고의 노력 끝에 한 부락을 이루었다.

그 부락은 점점 번성해서 제법 큰 화전민 마을을 이루었다.

마을을 이루자 자급자족이 가능해졌다.

덕분에 마을에는 행복이 넘쳤다.

이야기가 여기서 끝났다면 묘희도 이곳에 있지는 않았을 것이다.

그들이 삶에 만족하고 있을 때, 산적들이 찾아왔다.

묘희의 나이 열두 살 때였다.

관리를 피해서 도망친 그들에게 산적의 등장은 생각지도 못한 절망을 안겨 줬다.

그들은 자신들의 곡식을 모두 바치겠다고 말했으나, 산적에게 통하지 않았다.

산적들은 무자비하게 화전민들의 목을 베었다.

묘희는 여기까지도 있을 수 있는 일이라고 생각했다.

부모님이 땅굴을 파 둔 덕분에 묘희는 겨우 목숨을 부지할 수 있었다.

그래서 산적들에게 복수하기 위해서 몇 날 며칠 동안 방법을 찾아다녔다.

물론 어린 소녀가 산적들에게 복수할 방법은 없었다.

산적들에게 복수하는 유일한 방법은 그들의 거처를 알아내서 관아에 알리는 길밖에는 없었다.

묘희는 발바닥이 다 까지고 손이 얼어붙어도 산적들의 흔적을 놓치지 않았다.

산적들을 쫓던 묘희는 그들을 이상한 곳에서 발견했다.

산적들이 간 곳은 관아였다.

대체 어떻게 된 일일까?

멀리서 지켜보던 묘희는 아직도 생생하게 당시의 일을 기억하고 있었다.

산적들이 수레를 덮고 있던 거적을 걷어 올렸다.

그 수레에는 수많은 머리가 널브러져 있었다.

그 수레 안에는 묘희의 부모도 같이 있었다.

산적들은 관아에 그 머리를 넘겼다.

나중에 안 일이지만, 그들은 무림인들이었다.

산적이 아니라 무림인이라?

이후 알게 된 사정은 간단했다.

무림인들이 관아에 협약을 맺고 산적들을 소탕하기로 한 것이다.

그런데 실적이 부족해지자, 화전민들을 죽이고 그 시체가 산적이라고 보고한 것이었다.

여기서 더 황당한 것은 관리들은 이 사실을 알고 있었다는 점이었다.

여기까지 알았을 때 묘희의 마음속 증오는 무림과 관리들에게 향했다.

관리들을 죽이고 무림인들도 죽이리라 마음먹었다.

하지만 그녀에게 그럴 힘이 있을 리 없었다.

도리어 무림인들에게 쫓기는 신세가 되었다.

절체절명의 순간 나타난 것이 지금의 조직이었다.

십 년이 지났지만, 아직 조직의 이름마저도 모른다.

다만 알고 있는 것은 단주와 그녀의 사부가 경천동지할 무공을 지니고 있다는 점이다.

그것도 강호에서는 찾아볼 수 없는 음공이었다.

사람의 고막을 단숨에 찢어 버릴 수 있는 음공.

그 음공만 있다면 복수가 가능할 것이라고 묘희는 생각했다.

이제 약속된 기간이 얼마 남지 않았다.

딱 한 달만 지나면 약속된 음공을 배울 수 있었다.

그 음공을 익힌 후 묘희는 이 조직을 떠나 절강으로 가서 부모의 복수를 할 작정이었다.

물론 약속된 기간에는 단주와 단주의 사부를 위해 개처럼 기어야 했다.

그런데 오늘 이런 일이 벌어진 것이다.

그때, 어디선가 벽을 두드리는 소리가 들려왔다.

탁. 탁.

그 소리는 멈추지 않았다.

탁. 탁.

점점 가까워지는 벽을 치는 소리.

묘희는 고개를 돌려 소리가 나는 방향을 바라봤다.

순간 묘희는 까무러치는 줄 알았다.

허여멀건 얼굴의 사내가 통로 끝에서 웃고 있었기 때문이
다.

탁. 탁.

사내는 묘희와 단주가 있는 곳을 바라보며 벽을 치고 있었
다.

묘희는 재빨리 자리에서 일어났다.

그녀는 단주의 앞을 막아선 후 상대를 향해서 외쳤다.

"누구냐?"

"들어가도 될까?"

사내가 고개를 갸웃하며 묘희를 바라봤다.

사내는 물론 한빈이었다.

묘희가 검을 뽑아 들었다.

스릉.

그 모습에 뒤쪽에 있던 여인, 즉 단주가 묘희를 잡아끌었다.

단주의 손에 묘희가 뒤쪽으로 끌려갔다.

단주의 이름은 장단하.

피리를 무기로 쓰는 음공의 고수였다.

뒤로 끌려간 묘희가 장단하에게 말했다.

"다, 단주님, 제게 기회를……."

"도망친 네가 상대하겠다고? 그건 내 위세를 믿고 까부는 꼴밖에 안 되겠지. 그걸 호가호위라고 한다. 그런데 말이야, 나는 뒤쪽에 선 호랑이는 되긴 싫단다. 알았지?"

말을 마친 장단하가 천천히 한빈을 향해 걸어갔다.

보폭은 그리 크지 않았지만, 눈 깜짝할 사이에 한빈의 앞에 도착했다.

자신의 앞에 도착한 장단하가 한빈을 바라봤다.

"존성대명을 여쭤봐도 될까요?"

이전과는 전혀 다른 말투였다.

하지만 한빈은 시큰둥한 표정으로 말했다.

"싫은데."

"흠."

장단하가 턱을 어루만지자 한빈이 말했다.

"나는 앞으로 볼 사이가 아니면 이름을 말해 준 적이 없어."

"우리가 앞으로 안 볼 사이라고 어찌 장담하죠?"

"적어도 이승에서는 볼 일이 없겠지."

"이승에서라……. 그럼 저승에서는?"

"저승에서 보려면 아마 백 년은 더 기다려야 할 거야."

"당신이 백 년을 기다리면 되겠군요."

"아니, 그대가!"

한빈이 상대를 가리켰다.

순간 장단하의 눈썹이 꿈틀하다가 제자리를 찾았다.

그때 한빈이 다시 말을 이었다.

"그나저나 내가 궁금한 게 있어서 그러는데……. 대체 무슨 일이 일어나는 거지?"

"그것도 모르면서 여기까지 온 건가요? 나는 황궁에서 냄새를 맡고 첩자를 보낸 줄 알았는데……. 호호."

장단하가 간드러지게 웃었다.

그 웃음소리에 한빈은 뒤쪽을 돌아봤다.

그곳에는 설화와 청화가 있었다.

한빈이 신호하자 둘은 재빨리 귀를 틀어막았다.

그것도 모자라 설화는 백호의 귀를 천으로 감싸 주었다.

한빈은 이곳에 오면서 장단하의 휘파람 소리를 들었다.

그리고 그게 보통 휘파람 소리가 아님을 단번에 깨달았다.

동시에 한빈은 전생의 기억을 떠올렸다.

그것은 전생에 마주했던 몇몇 음공 고수들에 대한 기억이었다.

사실 강호인들이 가장 싫어하는 상대는 바로 음공을 익힌 고수들이었다.

그 이유는 간단했다.

아무리 금강불괴의 몸이라고 한들, 눈과 귀를 단련하기란 쉬운 일이 아니었기 때문.

음공 고수와의 대결에서는 음파 한 번에 고막이 터지는 일도 간혹 있었다.

음공은 한 곳을 노리는 것이 아닌 한 공간 전체를 장악한다.

그러니 온전히 귀를 방어하기란 그리 쉽지 않았다.

전생에는 한빈도 예외는 아니었다.

물론 지금은 사정이 달랐다.

방금 얻었던 지급 구결이 있으니 말이다.

'우이독경!'

새로 얻은 지급 구결인 우이독경을 사용한 한빈은 눈을 가늘게 떴다.

절간에라도 온 듯 사방이 조용해졌다.

옆을 보니 설화가 입을 벙긋하고 있었다.

대충 무슨 말인지는 알 수 있었다.

한빈은 이미 구순술에 능숙한 상태였기 때문이다.

구순술은 상대의 입 모양을 보고 그 뜻을 헤아릴 수 있는 수법.

설화는 청화와 함께 뒤로 물러나겠다고 하고 있었다.

다급한 표정으로 설화가 물러나자, 한빈은 그제야 상대를 바라봤다.

"너는 일단 한 대 맞고 보자!"

말을 마친 한빈이 상대를 향해 달려들었다.

한빈이 갑자기 달려들자 장단하는 피식 웃었다.

정확히 단 한 수면 상대를 쓰러뜨릴 수 있었다.

천천히 피리를 입술에 가져가던 장단하가 낮은 목소리로

말했다.

"불나방이 왜 무서운지 아나요? 불나방은 자기들 몸이 탈 것을 알면서도 달려들거든요. 그런데 그 타는 냄새가 제법 고약해요. 그 냄새 때문에 불나방이 무서운 거죠. 나는 불나방이 타는 냄새를 혐오하거든요."

말을 마친 장단하가 눈을 흘겼다.

마치 상대를 깔보는 듯한 표정을 짓던 장단하가 고개를 갸웃했다.

상대가 자신의 말을 듣는 척도 안 했기 때문이다.

보통 사람이라면 이런 이야기를 들었을 때 발끈하곤 한다.

그런데 상대는 마치 못 들은 척 계속 다가오고 있었다.

장단하는 그것이 공포심 때문이라고 생각했다.

그녀는 피리를 입술에 갖다 댔다.

휘리리.

부드러운 음률이 피리에서 흘러나왔다.

음색은 부드러웠지만, 그 소리에 실린 정체불명의 기운은 무시할 수 없었다.

그 기운의 위력을, 통로 위에 맺힌 종유석 덕분에 쉽게 알 수 있었다.

미세하게 흔들리던 종유석이 피리 소리를 견디지 못하다가 우수수 떨어졌다.

투두둑.

우박처럼 떨어지는 종유석.

상대는 아무 표정 없이 종유석 사이를 지나 점점 다가왔다.

"뭐지?"

장단하가 고개를 갸웃했다.

지금 그녀가 쓰고 있는 무공은 파음(破音)이라는 이름의 음공(音功)이었다.

그녀가 쓰는 피리도 평범한 물건이 아니었다.

보통의 물건이라면 그녀가 내뿜는 음공을 견디지 못하고 가루가 될 터.

그래서 그녀는 만년한철의 피리에 나무를 덧씌워 놓았다.

겉으로는 평범한 피리로 보이지만, 그녀의 음공을 몇 배로 증폭시켜 상대를 공격하는 역할을 한다.

그때였다.

상대의 검 끝에 푸른 기운이 맺혔다.

장단하는 더욱 공력을 높였다.

이번 공격은 그녀가 낼 수 있는 파음의 육 성에 해당했다.

파음의 절대 경지는 십이 성.

지금 그녀가 내는 육 성의 파음만 해도 강호에서는 견딜 자들이 없었다.

피이익.

날카로운 음격(音擊)이 피리를 통해 흘러나왔다.

이제는 그녀의 파음이 벽에 상처를 낼 정도였다.

하지만 상대의 검 끝의 푸른 강기는 지워지지 않았다.

장단하는 재빨리 몸을 날렸다.

그녀가 몸을 날리자 상대의 검 끝이 살아 있는 뱀처럼 쫓아오기 시작했다.

파박!

그녀는 이제 피리를 불 여유가 없었다.

온 신경을 발끝에 모아야 했기 때문이다.

파박!

몸을 날리면서 장단하는 상대를 바라봤다.

허여멀건 것이 무인이라고는 생각되지 않는 외모였다.

그런데 음공의 영향을 받지 않는다고?

아무리 생각해도 이해가 되지 않았다.

그녀가 배운 음공은 약간은 색다른 무공이었다.

단순하게 음격을 날리는 것이 아니라, 상대의 결을 파괴하는 게 핵심이었다.

결이란 상대의 자연스러운 약점을 뜻한다.

예를 들어 바위도 마찬가지다.

바위의 결을 안다면 그 틈을 헤집어 깨는 것이 가장 효율적일 것이다.

그 결은 사람에게도 있다.

그녀의 파음은 그 결을 찾아 자연스럽게 침투한다.

지금 종유석이 떨어져 내렸던 것도 파음이 그 결을 파괴했기 때문이었다.

결을 살짝만 벌려 놓으면 알아서 무너지게 마련.

사람뿐 아니라 사물도 똑같았다.

그런데 어떻게 상대는 파음의 영향을 받지 않을까?

지금 달려오는 모습을 보면 상대는 단 일 푼의 영향도 받지 않은 것이 분명했다.

장단하는 힐끔 옆을 바라봤다.

벽 쪽에는 묘희가 쓰러져 있었다.

파음에 어느 정도 단련된 묘희도 견디지 못하고 정신을 잃은 것이다.

그뿐이 아니었다.

곳곳에 흩어져 있던 묘희의 수하들도 정신을 잃고 낭패한 모습으로 널브러져 있었다.

이 모든 것이 장단하가 쏘아 낸 음격 때문이었다.

장단하는 재빨리 몸속의 진기를 성대에 모았다.

그러고는 상대에게 외쳤다.

"무엄하다!"

장단하의 입에서 쏟아진 것은 사자후였다.

그냥 사자후가 아니라 상대의 정신을 진탕시킬 수 있는 음격의 일종이었다.

상대에게 혼란을 일으킨 뒤 다시 파음을 날릴 기회를 잡기 위해서였다.

하지만 상대는 멈출 줄 몰랐다.

상대의 검은 그대로 그녀의 옆구리를 향해 날아왔다.

슝!

그녀가 몸을 날렸다.

당황한 그녀가 본능적으로 몸을 날린 것이다.

데구루루.

바닥을 구른 그녀는 재빨리 고개를 들었다.

그곳에서는 상대가 활짝 웃고 있었다.

그러고는 터벅터벅 그녀를 향해 걸어왔다.

한빈은 우이독경의 부작용에 대해서 다시 한번 생각해야
했다.

우이독경은 실제로 모든 소리를 차단하고 있었다.

지금 한빈의 귀에는 어떤 소리로 들리지 않았다.

문제는 아무 소리도 들리지 않으니 이게 현실인지 실감 나
지 않는다는 점이다.

마치 미각을 잃은 숙수가 요리하는 것과도 같았다.

아무런 소리도 들리지 않는 상황은 이게 생사를 건 싸움이
라는 현실 감각조차 무디게 했다.

덕분에 한빈의 표정도 무뎌졌다.

상대가 피리를 들고 뭔가를 하는 듯 보였지만, 한빈은 그
어떤 느낌도 들지 않았다.

그녀가 자신을 위협하고 있다는 생각조차 들지 않았다.

그럼에도 끈질기게 그녀를 공격하는 이유는 단 한 가지.

바로 일렁이는 구결의 흔적 때문이었다.

한빈의 경험에 의하면 저것은 알 수 없는 구결 중 하나였다.

물론 그 구결은 소모성 구결이란 이름으로 지금 단독으로 사용이 가능한 상태였다.

한빈은 그 구결 중 수(水)의 구결을 이용해서 기연을 얻었었다.

남은 것은 네 개의 소모성 구결.

이쯤에서 하나를 더 채워 넣어야 유형이 맞을 것 같았다.

한빈은 계속해서 검을 뻗었다.

상대는 바닥을 뒹굴며 한빈의 검을 피했다.

한빈은 상대가 보통내기가 아님을 이미 알고 있었다.

소모성 구결은 보통 무인에게는 볼 수 없기 때문이다.

소모성 구결이 보인다는 것을 고려한다면?

지금 상대의 무공이 백경의 조장들에 버금간다는 말이었다.

물론 상대의 무공이 음공에 특화된 것은 아쉬웠다.

한마디로 한빈은 상대에게 천적에 가까웠다.

아마도 우이독경이란 초식을 얻지 못했다면 이 대결에서 꽤 고전했을 수도 있었다.

하지만 우연히 얻은 지금 구결 덕분에 이 승부는 이미 한빈의 승리.

물론 승부가 문제는 아니었다.

구결을 안전하게 획득하는 것이 중요했다.

한빈은 재빨리 초식을 펼쳤다.

'전광석화.'

조금 더 속도를 높이기 위해서였다.

휙휙!

한빈의 검날이 상대의 옷깃을 갈라놓았다.

적을 몰아치던 한빈은 입가에 미소를 지었다.

구석에 상대를 몰아넣는 데 성공했기 때문이었다.

이제 한빈은 대결을 끝내기로 했다.

안전하게 구결을 획득한 이후 그녀를 조사할 터였다.

한빈은 마지막 검을 뻗었다.

그 검은 누워 있는 상대의 목덜미 옆에 꽂혔다.

팍!

한빈이 나지막한 목소리로 말했다.

"이제 항복할 테냐?"

"……."

상대는 아무 말 없이 고개를 끄덕였다.

그것도 잠시, 상대의 눈빛이 바뀌었다.

장단하는 이 승부를 인정할 수 없었다.

그녀는 남은 진기를 모두 모아 마지막 초식을 펼치기로 했
다.

하북팽가
검술천재

장단하가 생각하는 마지막 초식은 그의 사부에게서 배운 파문(破門)이라는 음공이었다.

이 초식을 파문이라 부르는 이유는 간단했다.

파문은 상대의 결이 아니라 상대의 선천진기를 박살 낸다.

아예 상대의 무공을 없애는 음공이었다.

다른 음공과는 달리, 이것은 단 한 명에게만 펼칠 수 있었다.

효과적으로 음공의 파장을 모아야 하기 때문이었다.

그렇기에 더 효과적일 수도 있었다.

장단하는 재빨리 피리를 입에 가져다 댔다.

삑!

귀청을 찢는 듯한 소리가 상대를 향해 쏘아졌다.

장단하는 자신의 한 수가 성공했다고 판단했다.

상대가 멍하니 자신을 보고 있었기 때문이다.

그녀가 쏘아 낸 파문이라는 음공은 처음에는 변화를 못 느낀다.

서서히 단전이 들끓어 오르다가 한 시진 정도가 지나면 폐인이 된다.

지금 멍한 눈동자를 보면 벌써 그 효과가 나타나고 있는 것이 분명했다.

장단하는 옷을 털고 일어났다.

툭툭 옷을 턴 그녀는 상대를 바라봤다.

"마지막 기회다! 살고 싶으면 내게 엎드리거라!"

그녀의 외침에 상대는 무표정한 얼굴로 검을 찔러 넣었다.

그 검은 정확히 그녀의 옆구리를 썰고 지나갔다.

순간 장단하가 눈을 크게 떴다.

자신이 펼칠 수 있는 최고의 음공인 파문에 당하고도 마지막 발악을 하는 인간은 처음 봤기 때문이다.

"너는 대체……."

장단하는 말을 맺지 못했다.

갑자기 상대의 손이 그녀의 견정혈을 눌렀다.

픽!

한빈은 눈 깜짝할 사이에 상대의 마혈을 제압했다.

수수깡처럼 땅에 쓰러진 상대를 본 한빈은 다시 한번 손을 뻗었다.

이번에는 상대의 아혈을 제압했다.

만약 상대가 지원군이라도 부르게 된다면 심문할 시간을 잃어버릴 수도 있기 때문이었다.

한빈은 바닥에 쓰러진 상대를 확인했다.

마혈과 아혈을 모두 제압당한 상대는 금붕어처럼 눈만 끔뻑거리고 있었다.

한빈은 재빨리 그녀의 피리를 허리춤에 숨겼다.

대결이 끝난 후 적의 무기를 빼앗는 것은 당연했다.

한빈은 조용히 어딘가를 바라봤다.

용린검법의 글귀를 확인하기 위해서였다.

[용안으로 구결을 확인합니다.]
[소모성 구결 파(破)를 획득하셨습니다.]
[소모성 구결 : 금(金), 토(土), 화(火), 목(木), 파(破)]

예상대로 새로 얻은 구결은 소모성 구결이었다.

한빈은 구결을 보며 입맛을 다셨다.

"쩝. 아주 좋아."

아쉬움이 아니라 기쁨의 표시였다.

소모성 구결에 오행의 기운만 있는 줄 알았는데, 다른 구
결이 들어오다니.

한빈의 모습을 본 장단하가 입을 벌렸다.

하지만 목소리는 나오지 않았다.

한빈의 눈빛이나 말투는 사악해 보였다.

승리한 뒤 입맛을 다시는 모습은 마치 악마와도 같았다.

순간 장단하는 상황이 잘못되었음을 인정할 수밖에 없었다.

한빈은 꿈틀대는 장단하에게서 몸을 돌렸다.

조용히 고개를 돌린 한빈은 통로의 끝을 바라봤다.

"이제 끝났으니 나오너라!"

한빈의 말에 백색 무복의 설화와 청화가 뛰어왔다.

설화의 품에 안긴 백호도 고개를 빼꼼 내밀었다.

한빈은 다시 외쳤다.

"이제 끝났으니 나오라고 해도!"

"공자님, 저희는 여기 있는데요."

설화가 고개를 갸웃하자 한빈이 말을 이었다.

"너희 말고. 악 아우를 말하는 거야."

"악 공자님이요? 여기에 악 공자님이 왔어요?"

"그래."

한빈이 고개를 끄덕일 때였다.

멀리서 악비광이 뒷머리를 긁적이며 나타났다.

악비광은 누군가를 부축하고 있었다.

그는 다름 아닌 해랑이었다.

그 뒤에는 마원이 천천히 따라오고 있었다.

그때였다.

한빈은 귀를 후볐다.

갑작스러운 한빈의 행동에 악비광이 물었다.

"왜 그러십니까?"

"아무것도 아니다."

한빈이 밝게 웃으며 주변을 둘러봤다.

한빈이 웃음 짓는 이유는 간단했다.

대결이 끝나고 나니 때마침 우이독경의 효과가 사라졌다.

덕분에 구순술이 아니더라도 모두의 목소리를 들을 수 있었다.

그들은 옆에 사로잡은 적들을 놔둔 채 대화를 이어 갔다.

대충 이야기를 들어 보니 악비광과 나머지 사람들은 주변을 수색하다가 이곳으로 모였다고 했다.

이곳을 제외하면 수상한 곳은 보이지 않았다고. 이상한 것은 낮에 만난 군관을 비롯한 군의 수뇌부가 사라졌단 점이었다.

여기까지 듣고 난 한빈은 조용히 쓰러진 여인을 바라봤다.

설화는 이미 상대의 우두머리를 포박해 놓고 있었다.

그 옆에는 복면을 쓴 여인이 하나 있었다.

그녀는 바로 묘희였다.

그들을 본 한빈은 귀를 가리켰다.

설화는 그제야 귀를 막고 있던 뭉치를 빼내었다.

귀에서 뭉치를 뺀 설화가 한빈에게 물었다.

"공자님, 이 사람은 누구예요?"

"그건 지금부터 알아봐야지."

말을 마친 한빈이 그들의 우두머리를 향해 걸어갔다.

적은 한마디로 무방비 상태.

한빈은 아무렇지 않게 피리를 불던 여인의 앞에 쪼그려 앉았다.

"내가 몇 가지만 물어볼게."

"……."

여인은 입을 굳게 다물었다.

아예 한빈에게 눈길조차 주지 않았다.

도도한 표정 그대로 입을 꾹 닫고 있을 뿐이었다.

그 모습을 보던 설화가 말했다.

"제가 자백을 받아 낼게요."

"흠, 믿어도 될까?"

"저를 못 믿으시는 거예요? 공자님. 저 설화예요, 설화."

설화가 눈에 힘을 팍 주었다.

옆에 있던 청화도 한 발 나섰다.

"저도 도울게요."

"그럼 둘이 알아서 해. 그런데 정말 믿어도 되는 거 맞지?"

"저희를 못 믿으시면 누굴 믿으시려고요."

청화가 어깨를 활짝 펴자, 한빈은 조용히 고개를 끄덕였다.

한빈은 조용히 뒤돌아서 이곳에 모인 이들을 바라봤다.

한빈은 일단 해랑과 그의 수하들에게 기절해 있는 복면인
들을 한곳에 모으라고 전했다.

그들을 한곳에 모은 후, 한빈은 모든 이들을 천잠사로 꽁
꽁 묶어 두었다.

여기까지 걸린 시간은 단 일각이었다.

힐끔 옆을 보니 설화와 청화가 피리 불던 여인을 문초하고
있었다.

하지만 뭔가 잘 안 풀리는지 머리를 감싸 쥐고 있었다.

한빈은 고개를 돌려 복면 여인 중 우두머리의 앞에 섰다.

"너는 나랑 얘기하자."

"대체 누구냐?"

"난 진룡소협이라 불리는 사람이지."

"진룡소협……."

"처음 들어 본다면 서운한데. 그런데 왜 진천뢰를 옮기는 거지? 참고로 네 상관도 이미 사로잡혔어. 그러니 순순히 부는 게 좋을 거야."

"이거 하나만 말하지. 무림인은 죽어야 해."

"흠, 밑도 끝도 없이 그게 무슨 말이지?"

"죄 없는 백성을 괴롭히는 무림인은 죽어야 해."

"그래, 그건 네 말이 맞아. 무림인 중에는 양의 탈을 쓴 늑대가 너무 많지. 그런 작자들 숨통을 끊는 건 당연한 일이 아닌가?"

한빈은 쪼그려 앉아 턱을 괴고 상대를 바라봤다.

지금 한빈이 관찰하고 있는 것은 그녀의 눈빛이었다.

그녀의 눈빛이 살짝 바뀌었다.

한빈이 거짓된 자들은 숨통을 끊어 놔도 좋다고 했던 그 지점에서 말이다.

희미하게 미소 짓던 한빈은 손을 뻗었다.

한빈은 망설임 없이 그녀의 복면을 벗겼다.

복면을 벗기자 하얀 피부의 여인이 눈을 끔뻑이고 있었다.

한빈은 복면을 집어 던지며 말했다.

"예쁜 얼굴을 놔두고 왜 복면을 쓰고 다닌 건지 이해가 안 되는군."

"그게 무슨……."

"빈말은 아니니까. 신경 쓰지 마."

"또 그건……."

그녀는 말을 잇지 못했다.

자꾸 말을 섞다 보니 생각이 꼬이는 것만 같았기 때문이다.

그때 한빈이 다시 말을 이었다.

"나는 팽한빈. 너는?"

한빈이 던진 말은 처음 나누는 대화치고 짧았다.

사실 전쟁터에서의 심문은 간결해야 하는 것이 핵심이었다.

눈 깜짝할 사이 목이 날아가는 상황에, 예의를 차린다는 것이 이상했다.

예상대로 상대가 입을 열었다.

"나는 묘희다."

"그런데 말이 좀 짧다. 너는 지금 포로라는 걸 잊지 마. 여기서 잘못되면 백성을 괴롭히는 무림인을 어떻게 손봐 줄 거지?"

묘희의 눈빛이 마구 떨렸다.

한빈은 조용히 허공을 올려다봤다.

이제 적의는 지웠으니 상대의 마음을 돌릴 방법이 필요했다.

한빈에게는 상대의 마음을 꿰뚫어 보면서 동요시킬 수법이 있었다.

그것은 지(智)의 구결 백 개를 사용하는 천급 초식이었다.

한빈은 조용히 초식을 떠올렸다.

'감언이설.'

용린의 기운이 목젖과 혀에 맴돌았다. 한빈은 자신의 모든 말이 상대에게 통할 것 같은 기분이 들었다.

이것은 이미 한 번 사용해 본, 입증된 초식이었다.

한빈은 자신 있게 말했다.

"일단은 여기서 살아 나가야겠지, 묘희!"

유난히 이름에 힘이 들어갔다.

순간 묘희의 눈빛이 한없이 떨렸다.

한빈의 목소리에는 용린의 기운이 스며들어 있었다.

그 용린의 기운이 상대의 마음을 자극하고 있었다.

어찌 보면 한빈의 감언이설 초식도 음공이라고 봐야 했다.

상대가 가장 약한 부분을 파고드니 말이다.

한빈의 말 한마디에 묘희의 표정이 시시각각 바뀌었다.

그녀는 자신의 목적을 이루기 위해서 감정마저 버렸다.

하지만 지금은 그 감정이 살아나고 있었다.

장단하의 휘하에서 그녀의 검이 되어 움직였던 세월이 번개처럼 머리를 스쳐 지나갔다.

이 모든 것을 참았던 건 바로 복수 때문이었다.

그런데 여기서 죽게 되면 모든 것이 사라지게 된다.

그럼 복수 뒤에는?

그 뒤에 꿈 따위는 없었다.

복수만 이루면 그것으로 끝이었다.

문제는 아직 복수를 시작도 못 했다는 점.

순간 살아야겠다는 감정이 샘솟았다. 그와 동시에 한 가지 생각이 들었다. 복수만 할 수 있다면 누구와 손을 잡아도 상관없다는 생각이었다.

고민을 끝낸 묘희가 입을 열었다.

"아, 알았어요."

"이제 좀 말이 통하네. 대체 그 많은 진천뢰를 왜 불광사로 옮기고 있었던 거지?"

질문을 던진 한빈은 상대의 눈빛을 확인했다.

이번 대답에 따라서 감언이설이 통했는지를 확인할 수 있다고 생각했다.

감언이설이 통했는지 아닌지 확인하는 방법은 딱 하나다.

바로 적의.

적의가 사라진 상대의 눈빛이 그 증거였다.

지금 묘희의 눈에는 적의가 사라진 상태였다.

이 느낌은 정확했다.

잠깐이나마 한빈과 그녀는 용린의 기운으로 연결되었으니까.

그때 묘희가 답했다.

"그건 저도 몰라요."

"그럼 불광사가 목적지라는 건 알고 있는 거네."

"흠."

묘희가 침음을 삼켰다.

그 모습에 한빈이 재빨리 말을 이었다.

"어쨌든 불광사가 목적지라는 거네. 여기까지는 됐고, 그럼 우리 한 가지 거래할까?"

"……."

묘희가 멍한 눈으로 한빈을 바라봤다.

거래라는 말을 듣자 당황한 것이다.

한빈이 아무렇지 않게 그녀를 묶었던 천잠사를 풀며 말을 이었다.

"일단 아는 것을 털어놓으면 네 목표를 제거해 주지. 단, 죄가 있다면……."

"그놈들은 죽어 마땅해요."

"놈들이 누구지?"

"구파일방 말고는 놈들을 건드릴 수 없을 거예요. 놈들은 천하 십대세가에 속해 있으니까요."

"천하 십대세가라고?"

한빈이 눈을 가늘게 떴다.

그 모습에 묘희가 말을 이었다.

"역시 놀라시는군요."

"정확히 말해 줘. 내가 상대하지 못할 가문도 있거든."

"제가 말씀드린 가문은 위씨세가예요."

"위씨세가라고?"

한빈이 눈을 크게 뜨자 묘희가 말했다.

"더 놀라시는군요. 천하 십대세가 중에도 가장 위에 올라 있는 가문이니까요. 그곳을 건드릴 수 있는 곳은 아마도 구파일방밖에는 없을걸요."

묘희는 눈을 반짝였다.

바로 복수를 못 하고 힘을 키우는 이유는 바로 상대가 위씨세가이기 때문이었다.

지금의 무력으로는 상대를 제압하는 것이 불가능했다.

아마도 무력대의 조장 하나 정도를 제압하면 그게 끝일 터였다.

그녀는 위씨세가의 멸문을 원했다. 그것만이 허망하게 죽은 부모님과 마을 사람들의 원한을 풀 길이었다.

그를 위해서는 반드시 장단하의 음공이 필요했던 것.

오만가지 표정을 짓는 묘희를 바라보던 한빈이 고개를 갸웃했다.

"동지네."

"동지라니, 그게 무슨 말이죠?"

"나도 위씨세가와 악연이 있거든."

"저, 정말이에요?"

"내가 거짓말할 사람처럼 보여?"

"……."

"대답을 하지 않는 걸 보면 내가 믿음이 가는 인상이 아닌가 봐."

"혹시 당신도 화전민이었나요?"

"아니."

"그런데 어떻게 위씨세가와 악연이 있죠?"

"위씨세가가 좀 원수가 많아. 그런데 지금은 그 원수가 다 사라졌어."

"그 원수들이 위씨세가 놈들에게 당했다는 말인가요?"

"아니……. 위씨세가가 사라졌으니, 원수가 남아 있을 리 없지."

"자, 잠시만요. 위씨세가가 사라졌다니 그게 무슨 말이죠? 천하 십대세가의 하나인 그 위씨세가가 사라졌다고요?"

"그래, 지금은 그 가문에 이씨검가가 들어와 있어."

"헉!"

묘희가 비명을 토해 내자 한빈이 다시 물었다.

"진짜 몰랐나?"

"모, 몰랐어요."

"어떻게 원수가 사라진 걸 모를 수가 있지? 난 그게 이해가 안 되는데."

"그건……."

묘희가 옆을 힐끔 바라봤다.

그곳에는 정보를 알아내기 위해 끙끙대는 설화와 청화가 있었다.

한빈은 그쪽을 가리키며 물었다.

"그럼 저자의 정체는 뭐지?"

"우리 단주의 이름은 장단하예요. 단주의 사부는 천하제일의 고수라고 들었어요. 저도 장단하 단주의 사부는 본 적 없지만요."

"본 적이 없다고?"

"그분을 보고도 살아남은 사람은 없으니까요."

"흠."

"왜 그러시죠?"

"아는 사람들이 납치됐거든. 그리고 이쪽 통로에 흔적을 남겼고."

"그럼 장단하의 사부가 그들을 데려간 것이 맞아요. 그 사부는 황궁에도 끈이 있다고 했으니까요."

"황궁이라……."

한빈이 자리에서 일어났다. 이제는 뭔가 조각이 맞춰지는 느낌이었다. 일단 기본적인 정보는 캐냈으니 교차 검증이 필요했다.

장단하라는 음공 고수의 사부가 누군지는 몰라도, 은밀함을 즐기는 자일 것 같았다.

한빈이 자리를 옮기려 할 때였다.

누군가 뒤쪽에서 한빈의 소매를 잡았다.

고개를 돌려 보니 묘희가 멍한 표정으로 입술을 달싹이고
있었다.

"하고 싶은 말 있으면 해 봐."

"위씨세가를 멸문시킨 게 누구죠?"

"진룡소협."

"앗!"

묘희가 비명을 질렀다.

희로애락이 찰나의 순간에 스쳐 지나가는 듯 그녀의 표정
은 복잡했다.

멍한 그녀를 뒤로하고 한빈은 다시 몸을 돌렸다.

묘희의 비명이 제법 컸는지 옆에서 묘희의 상관인 장단하
를 심문하고 있던 설화와 청화가 동요했다.

이유는 간단했다. 아직도 장단하가 입을 열지 않고 있었기
때문이다. 상대의 이름도 한빈과 묘희의 대화를 통해서 들었
을 뿐이다.

"청화야, 우리가 잘하고 있는 걸까?"

"제가 독공이라도 쓸까요?"

청화가 장단하를 쏘아보자, 설화가 고개를 절레절레 흔들
었다.

"그러다 죽으면 공자님한테 혼나."

설화는 지금 상황이 믿기지 않았다.

상대가 이렇게 입을 열지 않을 줄은 몰랐다.

설화가 상대에게 쓴 방법은 분근착골.

근육이 갈리고 뼈가 떨어지는 고통을 느꼈을 텐데도 상대는 눈길조차 주고 있지 않았다.

설화는 옆에서 한빈이 상대를 어떻게 회유했는지 똑똑히 들었다.

고문도 아니고 단 몇 마디 만에 상대의 마음을 돌려놓았다.

그런데 자신은 분근착골의 수법을 써도 상대가 눈길조차 주고 있지 않았다.

이쯤 되니 설화는 마음이 급해졌다. 자신이 한빈에게 조금의 도움도 되지 못한다는 생각 때문이었다.

설화가 결심한 듯 입술을 뗐다.

"조금 강도를 높여야겠어."

말을 마친 설화가 눈을 매섭게 뜨며 손을 뻗었다.

그때 한빈이 다급하게 설화의 소매를 잡았다.

설화가 고개를 돌려 한빈을 바라봤다.

"공자님, 왜요?"

"설화야, 뭐 잊은 것 없느냐?"

"잊은 거라니요……? 앗, 죄송해요. 아무리 노력했지만, 입을 열지 않네요."

"내가 말한 건 그게 아니다, 설화야."

"흠, 제 방법에 문제가 있다는 걸 깨우쳐 주신 거군요. 이자는 분근착골로는 입을 열지 않겠어요. 그렇다면……."

설화가 주먹을 움켜쥐었다.

그때 청화가 고개를 흔들었다.

"언니, 그 말씀이 아닌 것 같은데요."

"그럼 무슨 말인데?"

"그건 저도……."

청화가 고개를 흔들자, 한빈이 장단하를 가리켰다.

"설화야, 아혈은 풀어 주고 물어봐야지."

말을 마친 한빈이 손을 뻗어 장단하의 목덜미를 눌렀다.

순간 장단하의 입술 사이로 거친 숨소리가 흘러나왔다.

"허헉."

그 소리에 설화의 눈이 커졌다. 지금 상황은 설화도 예측하지 못했다. 설마 아혈이 막혀 있기에 입을 안 여는 것이라고는 말이다.

설화가 장단하에게 손을 뻗었다.

"죄, 죄송해요."

설화는 아무리 적이라도 잘못한 점은 잘못했다고 해야 직성이 풀리는 성격이었다. 순간 장단하가 외쳤다.

"차라리 죽여라!"

"잠시만요, 일단 사과는 해야 하잖아요."

"지금 무슨 수작을 부리는 것이냐? 욕을 보이느니 차라리 죽는 게 낫다! 죽이거라!"

장단하는 목청이 터지도록 외쳤다. 갑자기 눈을 까뒤집는 상대의 모습에, 설화가 재빨리 상체를 기울였다.

"자, 잠시만요. 실수였다니까요. 사람이 살다 보면 실수할 수도 있는 거잖아요. 그거 가지고 지금 따지는 건가요?"

설화의 말에 장단하가 이를 악물었다.

사실 이건 애초에 말도 되지 않았다.

어떻게 상대의 아혈을 제압한 후 문초를 한다는 말인가?

지금 보면 상대는 그녀의 사부보다 더 지독한 인물이었다.

장단하는 겨우 정신을 수습하고 적들을 바라봤다.

그들은 조금의 상처도 없었다.

명백히 자신의 패배라고 할 수 있었다.

장단하는 지금의 상대가 무서웠다.

자신의 음공에 아무 영향도 받지 않는 사내도 무섭지만, 가장 두려운 것은 미소 속에 숨겨진 잔인함을 담고 있는 백색 무복의 소녀였다.

물론 장단하가 말한 이는 설화였다.

그도 그럴 것이, 상대를 걱정해 주는 척하면서 분근착골의 수법을 쓴다는 것은 말도 되지 않았다.

거기에 아혈이 제압당한 걸 몰랐다고 너스레를 떠는 모습은 더욱 두려웠다.

차라리 대화가 통할 것 같은 인물은 사내였다.

장단하가 일말의 희망을 가지고 한빈을 바라보고 있을 때였다.

설화가 다시 다가왔다.

"아까는 미안했고요. 일단 물어보는 말에 대답을……."

"허헉."

장단하가 다시 숨을 몰아쉬었다.

이제는 설화의 얼굴만 봐도 움츠러드는 그녀였다.

그때였다.

누군가 둘 사이에 끼어들었다.

당연하게도 그는 한빈이었다.

한빈은 사람 좋은 얼굴로 장단하의 앞에 쭈그려 앉았다.

"나랑 얘기할까?"

말을 마친 한빈은 그녀의 마혈까지 풀어 주었다.

천잠사로 결박당한 상태의 장단하가 할 수 있는 것은 아무것도 없었다.

한빈이 마혈마저 풀자 그녀는 겨우 자신의 힘으로 앉을 수 있었다.

자세를 바로잡은 장단하의 얼굴에 핏기가 살짝 돌아왔다.

숨을 고르는 모습을 보니, 혈맥 속 진기를 바로잡는 듯했다.

한빈은 속으로 그녀의 천적은 설화라 생각했다.

그녀를 바라보던 한빈이 사람 좋은 얼굴로 말을 이었다.

"이미 경험해 봐서 알겠지만, 아마 나하고 얘기하는 게 훨씬 유리할 거야. 저기 보이는 둘의 정체가 뭔지 알아? 정의맹에서도 이름난 고문 기술자지. 재미있는 건 자백을 못 하게 철저히 막는다는 점이야."

"……."

장단하는 말을 잇지 못했다.

고문 기술자가 자백을 못 하게 막는다라?

그것은 있을 수 없는 일이었다.

하지만 경험해 보니 알 것 같았다.

아혈을 풀어 주지 않고 분근착골의 수법을 가하는 것은 누가 봐도 자백을 막기 위해서였다.

그때 한빈이 말을 이었다.

"왜 자백을 막는지 알아? 그건 고문 자체를 즐기기 위해서지. 어떻게 할래? 나와 대화할까? 아니면……."

"대화하겠습니다."

"흠, 그럼 뭐부터 묻는담."

한빈이 턱을 어루만지자, 장단하가 알아서 입을 열었다.

"저는 음검단의 단주인 장단하라 합니다. 제 사부는 남해철음이라는 별호를 가지고 있고요."

"남해철음?"

"못 들어 보셨을 겁니다. 아마도……."

"처음 들어 보는 인물이긴 하군. 생각해 보니 지금은 그게 문제가 아니지……. 진천뢰를 불광사로 옮긴 이유는 뭐지?"

사실은 거짓말이었다.

남해철음에 대해서는 어렴풋이 들어 본 적이 있다.

음공 하나로 남해 지역을 쑥대밭으로 만들어 놓고 사라진
의문의 고수.

이것이 정의맹 비고에 기록된 남해철음에 관한 이야기였다.

장단하가 계속해서 입을 열었다.

"그건 연등회 밤에……."

말을 하던 장단하가 갑자기 귀를 감싸 쥐었다.

감싸 쥔 손가락 사이로 핏물이 번져 나왔다.

한빈은 재빨리 품에서 은침을 꺼냈다.

그런 후 귀 옆에 은침을 박아 넣었다.

푹!

순간 장단하의 눈빛이 평온을 되찾았다.

장단하가 한빈을 향해 포권했다.

"감사합니다."

"인사는 됐어. 아무래도 금제에 걸린 것 같네. 미안하게도
그 금제를 막을 수는 있어도 내가 풀어 주지는 못할 것 같아.
내가 음공에 대한 소양이 좀 부족하거든."

"괜찮아요."

장단하가 고개를 숙였다.

사실 금제가 발동될 줄은 꿈에도 몰랐었다.

아니, 자신이 금제에 걸린 것도 알지 못했다.

장단하의 눈빛이 파르르 떨렸다. 그 떨림 속에 사부에 대한 신뢰가 깨졌다. 장단하는 그 금제의 효과에 대해서 누구보다 잘 알고 있었다.

만약 사문을 배신하는 언동을 보이면 천둥이 치는 듯한 소리가 귓가에 울리며 끝없는 고통을 받는 금제였다.

장단하는 맹렬하게 머리를 굴렸다.

머리를 굴리던 그녀는 한 가지 가능성을 떠올렸다.

바로 자신이 버리는 패일 가능성이었다.

사부가 나중에 버릴 인물들에게만 금제를 걸어 왔다고 했기 때문이다.

망설이던 그녀는 조용히 말을 이었다.

"연등회 때 황실의 종친을 노릴 겁니다."

"황실만 노리면 될 것을 왜 무림인들을 납치한 건지? 이해가 안 돼. 솔직히 그들이 누군가에게 납치당할 사람들이 아니거든."

한빈은 미간을 좁혔다.

그의 말대로 납치당한 강호인들의 공통점도 없었고, 그들 중에는 무공으로 치면 강호에서 열 손가락 안에 드는 사도련주 독고진까지 있었다.

이건 아무리 생각해도 이해가 되지 않았다.

그때 장단하가 한숨을 내쉬며 말했다.

"그중에서 몇은 미끼고 몇은 목격자예요."

"목격자라고?"

"봐서는 안 될 걸 본 거죠. 저도 거기까지만 알아요."

"그래, 고맙군."

한빈은 자리에서 일어나 나지막한 목소리로 외쳤다.

"다시 출발한다!"

한빈의 외침에 장단하가 일어났다.

"어차피 막지 못해요!"

"왜 그렇게 장담하지?"

한빈이 고개를 갸웃하자 장단하가 말했다.

"우리 사부는 천하제일이니까요."

"천하제일인이라고 하면 무림삼존 중 하나여야 하는 게 아
닌가?"

"무림삼존도 우리 사부님 앞에서는 고개도 들지 못할 거예
요. 이건 내가 장담할 수 있어요."

"길고 짧은 것은 대봐야겠지."

"대보지 않아도 알아요. 대보기 전에 당신은 죽을 거예요!"

장단하가 악을 쓰듯 외치자, 한빈이 물었다.

"왜 그렇게 필사적으로 나를 막는 거지?"

"내 금제를 막아 줄 수 있는 사람이 댁밖에 없으니까요."

"그래, 내가 살아남아서 그 금제를 풀어 주지."

말을 마친 한빈은 손가락을 튕겼다.

딱!

순간 설화가 보따리를 들고 왔다.

한빈은 보따리 안에서 호리병 하나를 꺼냈다.

호리병에서 환약 두 개를 꺼낸 한빈은 두 개를 동시에 튕겼다.

그 환약은 장단하와 묘희의 입 속으로 빨려 들어갔다.

미처 피할 틈도 없었다.

한빈은 그 후 장단하의 포박을 풀었다.

장단하는 원망 어린 시선으로 한빈을 바라봤다.

"지금 이건 뭐죠?"

"몸에 좋은 약이야."

"몸에 좋은 약이라면, 영약인가요?"

"비슷하지. 그런데 정기적으로 복용을 안 하면 부작용이 조금 생겨."

"부작용이라고요?"

"아마 그 금제보다 더 고통스러울 거야."

"이걸 왜 나한테……."

"적이잖아. 그럼 이제부터 내가 죽지 않길 기도해야겠지."

말을 마친 한빈은 악비광에게 눈짓했다.

신호를 받은 악비광이 장단하를 둘러업었다.

뒤쪽에 있던 마원은 묘희를 잡았다.

일단 한빈이 필요하다고 생각하는 인물은 그 둘이었다.

나머지 인물은 모두 점혈한 뒤 한쪽에 몰아넣었다.

한빈은 묘하게 사부라는 작자가 기대되었다.

장애물이지만 하늘이 내려 준 선물 같았다.

***

한빈 일행은 반나절 동안 쉬지 않고 통로를 달려왔다.

오는 도중 묘희와 장단하의 도움을 받아 묻혀 있던 진천뢰
의 심지를 모두 끊어 놓았다.

일단은 땅이 꺼지는 참사는 막을 수 있을 것 같았다.

한창 달려가던 한빈이 손을 들었다.

귓가에 부산스러운 인기척이 들려왔기 때문이다.

거기에 가끔 음악 소리도 들려왔다.

분주히 움직이는 사람들의 발소리, 수레가 지나가는 소리.

분명히 이곳은 어딘가의 아래쪽이었다.

모두는 걸음을 멈추고 귀를 쫑긋 기울였다.

드드득.

통로의 위쪽에서 흙먼지가 떨어졌다.

제법 무거운 수레가 지나가는 것이 분명했다.

한빈은 조용히 앞쪽을 가리켰다. 계속 가자는 신호였다.

한빈은 이곳이 불광사의 근처라고 생각했다.

아마도 안쪽으로 들어가면 불광사의 경내로 통하는 문이

있을 것이다.

옆쪽에서 걷던 악비광이 물었다.

"괜찮을까요? 차라리 강 대인에게 먼저 사실을 전하는 게 좋지 않을까요?"

"강 대인께는 이미 연락을 넣어 뒀어."

"언제요?"

"병영에 들어오기 전에."

"대체 언제……."

악비광은 말을 잇지 못했다.

아무리 생각해도 언제 연락을 했다는 것인지 이해가 되지 않았다.

물론 한빈은 끝까지 비밀을 말해 주지 않았다.

그것은 개방과 한빈의 약속이기 때문이다.

일정한 깃발을 꽂아 놓고 그 아래 서찰을 넣어 두면 개방은 서찰을 목적지까지 수단과 방법을 가리지 않고 전달한다.

이것은 광개와 한빈의 약속이었다.

물론 계약서까지 철저히 썼다.

세상에 거지 없는 동네가 어디 있겠는가?

그런 이유로 이것은 서찰을 전달하는 한빈만의 비법이었다.

그때였다.

어디선가 음악 소리가 다시 들려왔다.

디디링.

악공이 연주하는 듯한 정갈한 소리였다.

순간 모두는 다시 걸음을 멈추었다.

그중 가장 긴장한 것은 장단하였다.

그녀의 눈동자는 풍랑을 만난 돛단배처럼 흔들렸다.

잠시 귀를 기울이던 한빈은 손을 휘휘 저었다.

"모두 진정하시죠."

"이거 음공 아닙니까?"

악비광이 묻자 한빈이 웃었다.

"이건 그냥 단순한 음악 소리야. 내 생각에는 아마도 이 근처에 불광사로 통하는 문이 있는 것 같군."

한빈이 주위를 둘러봤다.

지금 서 있는 곳에는 마침 갈림길이 펼쳐져 있었다.

그때 마원이 손을 뻗어 새어 나오는 바람을 확인하더니 말했다.

"저쪽인 것 같습니다, 팽 공자."

이번에는 마원이 앞장섰다.

천천히 앞으로 다가간 마원이 손을 문 앞에 대고는 멈췄다.

마원은 문을 열려다가 고개를 갸웃했다.

그 모습을 본 한빈이 물었다.

"왜 그럽니까? 마 형."

"아무래도 이상해서 그럽니다. 이렇게 중요한 자리에 왜 경비가 하나도 없는 거죠?"

"확인해 보면 알겠죠."

한빈은 조용히 문을 열었다.

순간 신선한 바람이 문틈으로 들어왔다.

밖의 광경을 확인한 한빈의 눈이 커졌다.

시야에 들어온 모습으로 보면 이곳은 절이 아니었다.

연등회가 열리는 절이라고 하기에는 너무도 고즈넉했다.

다음 권으로 이어집니다

화산귀가
검술천재